기억의 온도가 전하는
삶의 철학

기억의 온도가 전하는 삶의 철학

초판인쇄	2023년 1월 9일
초판발행	2023년 1월 12일

지은이	김미영
발행인	조현수
펴낸곳	도서출판 프로방스
기획	조용재
마케팅	최관호 최문섭
편집	강상희
디자인	토닥

주소	경기도 고양시 일산동구 백석2동 1301-2
	넥스빌오피스텔 704호
전화	031-925-5366~7
팩스	031-925-5368
이메일	provence70@naver.com
등록번호	제2016-000126호
등록	2016년 06월 23일

정가 16,000원
ISBN 979-11-6480-292-0 03810

기억의
온도가
전하는
삶의 철학

김미영 지음

프로방스

기억의 소환, 그 온도를 느끼며

"엄마, 이불이 뽀송뽀송하고 폭신해서 너무 좋아."

이제 곧 가을이다. 길고 무더웠던 여름이 지나고, 가을맞이를 하면서 아이들 침대에도 가을의 분위기를 입혔다. 여름 내내 덮었던 시원하고 얇은 이불을 다 걷어 내고, 하얀 솜이 도톰하게 들어있는 폭신한 이불을 꺼내 아이들 침대에 각각 세팅을 해줬는데……. 아이들은 뽀송뽀송하고 폭신한 이불에 벌러덩 누운 채 어느새 세상에서 가장 편안한 자세인 '대(大)' 자의 모습을 하고 있었다. 그때 문득, 내 뇌리를 스쳐 지나가는 기억 하나가 있었다. 바로 나의 엄마에 대한 기억이다. 빳빳하게 풀을 먹인 광목 홑청에 한 땀 한 땀 시침을 하여 만든 엄마의 이부자리는 그 시절, 나를 세상에서 가장 편안하고 행복한 아이로 만들어 주었던 따뜻한 사랑이었다.

이렇듯 삶을 살아가다 보면 문득, 그 어떠한 기억이 스쳐 지나갈 때가 있는데, 그 당시 엄마의 이부자리는 지금까지도 나에게 따뜻함을 전해주곤 한다. 그래서일까? 그 편안함과 따뜻함에 대한 기억 때문인지 나의 아이들에게도 세상에서 가장 따뜻하고 편안한 이부자리를 만들어 주고 싶다. 그리고 나 또한 아이들의 기억 속에 그런 따뜻한 엄마로 남고 싶다.

문득, 또 하나의 기억이 떠오른다. 첫 책을 집필할 당시였다. 무척이나 설레는 마음으로 이곳저곳을 뛰어다니며 자료들을 찾고, 취재하고, 글을 썼던 기억이 난다. 첫 시작에 대한 순수한 열정! '잘 해낼 수 있을까?' 하는 불안함과 두려움도 있었지만 아직 경험하지 않은 미지의 세계를 알아간다는 것 자체만으로도 무척이나 가슴 벅찬 일이었다. 그때 그 열정, 그 끓어오르던 열정에 대한 기억이 가끔은 삶의 매너리즘에 빠진 나를 일으켜 세워주기도 한다. '그래, 지금 이 나이에도 못 할 게 뭐 있어?' 그렇게 나 스스로를 다독이며 다시 일어서게 만드는 힘인 것이다. 그래서 지금도 그 힘으로 계속 글을 쓰고 있는 게 아닌가 싶다.

사실, 기억이라는 것은 문득 스쳐 지나가는 경우도 있지만 일부러 소환해서 많은 생각을 하게 될 때도 있다. 특히 마음이 외롭고, 허전하고, 삭막할 때 그런 기억들을 소환함으로써 깊은 사색에 빠지곤 한다. 지금은 미국 시민권자가 되어 있는 남동생이 언젠가 나와의 전화 통화에서 자신은 사춘기 때 그 누구에게도 마음 터놓을 가족이 없었다고 했다. 그 순간, 난 심하게 뒤통수를 얻어맞은 듯 멍했고, 이내 코끝이 시큰해졌다. 딱히 사춘기 없이 조용히 지나갔다고 생각했던 남동생의 감춰진 아픔 때문이었다. 그 당시 힘들게 살아가는 가족들 앞에서 사춘기는, 한마디로 사치였던 것이다. 게다가 한창 방황하던 나에게 애써 모은 돈을 탈탈 털어 모토로라 삐삐까지 선물해 주던 남동생의 마음, 누나로서 그 마음을 헤아리자니 참 아프다.

이처럼 우리의 기억 속에는 허전함과 쓸쓸함을 불러일으키는 삶의 얘기들도 있다. 나아가 마음이 너무 시려 다시는 생각하고 싶지 않은 기억들도 있는데……. 어느 순간, 그런 기억들이 불쑥불쑥 튀어나와 나의 몸과 마음을 꽁꽁 얼어붙게 만들기도 한다. 한 예로 세월호 사건은 나에게 트라우마를 남기기도 했다. 지금도, 아니 영원히 나의 뇌리에는 망망대해 속 커다란 배 한 척이 기울어져 있을 것이다. 그 당시 너무도 큰 충격을 받았고, 감당하기

기억의 온도가 전하는 삶의 철학

힘든 깊은 슬픔 속에서 하루하루를 버텨냈던 기억이 난다. 그리고 지금도 세월호는 두 아이들을 키우는 엄마로서 한편으로 죄책감마저 들게 하는 엄청난 사건이었다. 바라건대… 부디! 그들의 남겨진 가족들이 평안하기를 바랄 뿐이다.

기억! 나의 뇌리를 스쳐 지나가는 수많은 기억들, 그 기억들 속에는 각각의 따뜻함과 뜨거움, 싸늘함과 차가움 등과 같은 온도가 느껴진다. 그리고 그러한 기억의 온도들이 나의 삶에도 분명, 커다란 영향을 미친다는 사실을 독자들과 함께 나누고 싶었다.

chapter 01

따뜻했던 기억들
(내 삶의 이유)

영원히 살아 숨 쉬는 시골 마을

:

"철썩…"

그 깊고 어두운 우물 속으로 잡고 있던 두레박 끈을 놓는 순간, 물 표면과 두레박 표면은 마치 하이 파이브를 외치듯 시원한 소리를 내뿜는다. 동네 꼬마 녀석들은 우물 주변으로 빙 둘러서서 누군가가 두레박으로 끌어올리는 맑고 투명한 물을 바라보며 서로 먼저 먹겠다고 아우성이다. 우물 속 물빛은 검은색이다. 그 안을 가만히 들여다보고 있으면 전혀 가늠할 수 없는 깊이에 두려움과 공포가 엄습해 오기도 하지만, 이내 그 청량한 물을 한 모금 들이켜기라도 하면 가슴이 뻥 뚫리듯 짜릿한 쾌감이 느껴진다. 어떤 할머니는 그 옛날, 호랑이 한 마리가 지나가는 것을 봤단다. 그 깊고 어두운 우물 옆으로 어슬렁어슬렁 지나가는 것을…….

내 마음속엔 아직도 이 시골 마을이 살아 숨 쉬고 있다. 까마득한 어린 시절, 방학만 되면 시골인 큰집에 자주 놀러 가곤 했는데, 주로 벼농사를 짓는 농촌 마을에 자리 잡고 있었다. 그래서였을까? 그 맑고 순수했던 눈은 여름방학이 되면 끝없이 펼쳐진 초록빛 세상을, 겨울방학이 되면 눈으로 뒤덮인 새하얀 세상을 맘껏 담아내기 바빴다. 특히 한겨울, 꽁꽁 얼어붙은 논바닥에서 "호호" 손을 불어가며 신나게 썰매 타는 아이들의 모습, 눈 쌓인 비탈길에서 포대 자루를 타고 쌩쌩 미끄러져 내려오던 가슴 벅찬 기억들은 수십 년이 지난 지금도 바로 눈앞에 펼쳐지듯 생생하게 그려진다.

그 당시, 시골 큰집으로 향하던 시외버스 안은 남루하기 그지없었다. 지금처럼 깨끗하고 쾌적한 실내가 아닌, 좁고 퀴퀴한 냄새 나는 차 안이었다. 또 좌석 시트는 얼마나 닳고 닳았는지 보기 흉할 정도로 너덜너덜해졌고, 큰집으로 향하는 중간 지점부터는 비포장도로여서 울퉁불퉁한 땅을 지날 때면 몸이 의자로부터 붕 뜨곤 했다. 아마도 지금의 나이였다면 충분히 골절상을 입고도 남았겠지만, 그 어린 시절엔 제아무리 버스가 이리저리 날뛴다 해도 무서워하기는커녕 오히려 그 흔들림의 스릴을 맘껏 즐기곤 했다. 여하튼, 매번 큰집으로 향하던 버스 안 여정은 앞으로의 시골 생활에 대한 부푼 꿈을 미리 그려보게 해 준 커다란 설렘이었다.

지금도 생생하게 떠오른다…

창밖으로 보이는 크고 작은 산과 들 그리고 나무와 꽃들을 바라보면서 대자연의 경이로움에 흠뻑 빠져있을 무렵, 어느덧 버스는 나를 목적지로 데려다주고……. 그 주변으로는 군내 시장과 가게, 음식점들이 옹기종기 모여 있다. 큰집은 군내에서 도보로 약 40분 정도 소요되는 거리인 면 소재지다. 물론 그 마을 깊숙이까지 운행되는 버스가 있긴 하지만 워낙 더디게 있는 터라 차라리 걸어가는 편이 더 낫다. 그 가는 길은 자갈과 흙으로 덮여 있는 좁은 오솔길이고, 양옆으로는 곧고 싱싱한 벼들이 온통 초록빛 세상으로 물들어 있다. 햇볕이 쨍쨍 내리쬐는 한여름, 그 뜨거운 햇살에도 벼들은 지친 기색 하나 없이 정겨운 모습으로 나를 반겨 준다.

그렇게 한참을 걷다 보면 시냇물을 가로지르는 조그만 다리가 하나 보이는데, 그 다리 너머로 옹기종기 기와집들이 모여 있다. 한여름이라서 그런지 졸졸졸 시냇물 소리는 더더욱 청아하게 들려오고, 그 주변으로 고기 잡는 아이들, 멱 감는 아이들, 빨래하는 아낙네들의 모습이 무척이나 정겹다. 또한 저만치에서는 소를 몰고 가는 어느 늙은 할아버지의 뒷모습이, 그리고 그 옆으로 정처 없이 어딘가로 향하는 누렁이의 모습도 보인다. 아마도 그 개는 외로운 떠돌이 개는 아니었을 게다. 왜냐하면 그 당시만 해도 시골 마을엔 목줄 없이 키우는 개들이 대부분이었으니까 말이다.

얼마나 걸었을까? 큰집에 거의 다다를 때쯤, 마을 어귀에는 늘 한결같이 커다란 정자나무 한 그루가 우뚝 서 있다. 그 나무는 마치 마을을 지켜주는 수호신처럼 하늘을 향해 두 팔을 쫙 벌리고 있는 듯 보이고, 바로 옆 평상에서는 동네 어르신들이 옹기종기 모여 앉아 감자, 옥수수 등을 나눠 먹으며 한가로이 시간을 보내고 있다. 앗! 그러고 보니 저기 옆에 축 늘어져 있는 누렁이가 좀 전에 보았던 그 개가 아닐까? 여하튼, 그 커다란 정자나무가 내 시야를 꽉 채우는 순간, 비로소 큰집에 왔다는 안도감과 곧 들이닥칠 시골 생활에 대한 기대감으로 가슴이 한껏 부풀어 올랐다.

그렇게 정자나무를 뒤로한 채 조금 더 걷다 보면 왼쪽으로 움푹 팬 물줄기가 보인다. 그 물줄기는 산에서 흐르는 계곡물이 시원하게 흘러들어오는 길이다. 그곳 아래를 슬쩍 내려다보고 있노라면 짓궂은 사내 녀석들의 물장난 소리가 무척이나 소란스럽다. 그래도 조용한 시골 마을에 이렇듯 아이들의 떠들썩한 소리는 나름 생기를 불어넣는 힘이리라. 이제 곧 오른쪽으로 꺾어 들어가면 그 무시무시한 호랑이가 지나갔다던 우물이 보인다. 그리고 그 우물을 중심으로 군데군데 집들이 보이는데, 나의 큰집은 우물과 일직선상, 가장 높은 지대에 자리 잡은 곳이다. 대문까지 가는 길이 어찌나 높고 가파른지……. 눈이라도 올라치면 그야말로 눈 덮인 히말라야산맥을 등반하는 느낌이라고 할까? 가끔은 포대 자루를 타고 내려온 적도 있었다.

그 높이 치솟은 대문을 활짝 열고 들어서는 순간, 이곳저곳에서 불협화음이 들려온다. 외양간의 소들, 돼지우리의 돼지들, 닭장 속의 닭들, 마당을 돌아다니는 누렁이가 오랜만에 찾아온 내가 낯설기라도 하듯 온통 난리법석들이다. 이제부터 나의 본격적인 시골 생활이 시작되는 것이다.

꼭두새벽이면 어김없이 "꼬끼오" 하고 암탉이 잠을 깨운다. 밖은 아직도 깜깜한데, 큰집 어르신들은 뭐가 그리도 바쁜지 부랴부랴 일하러 나가신다. 그리고 이곳저곳에서 널브러져 자는 아이들은 조금 더 자고 싶은 마음에 눈을 감고 자는 척하기 바쁘다. 그렇게 서서히 날이 밝아오고, 집집마다 굴뚝에선 연기가 피어오른다. 부뚜막 아궁이에 땔감을 집어놓고 불을 지피면 그 위 커다란 가마솥에는 새하얀 쌀이 고슬고슬하게 익어간다. 안방과 부엌이 있는 본채를 나와 커다란 마당을 가로지르면 사랑채가 보인다. 그곳 부뚜막에서는 지푸라기를 끌어모아 쇠죽을 끓이는 큰아버지의 고된 삶이 애처롭다.

큰집을 둘러싸고 있는 크고 작은 산들, 그 사방에서 풍겨오는 자연의 향기를 온몸으로 느끼며 심호흡을 해본다. 낮에는 사촌들과 들로, 산으로, 냇가로 자연 탐험을 나가고, 밤이 되면 안방 마루에 걸터앉아 하염없이 달을 바라본다. 그리고 이런저런 생각에 잠기곤 하는데…… 석양이 질 무렵, 땔감 가득 지게를 지고 돌아오시던 큰아버지, 머리에 수건을 두른 채 아궁이에 쪼그리고 앉아 불을 지피시던 큰어머니, 소쿠리 가득 찐 옥수수를 담아 건네시던 동네 아주머니의 쭈글쭈글한 손, 깊은 밤, "아이고! 아이고!" 고된 농사일로 온몸이 쑤시는 큰집 어르신들의 고통스러운 신음 소리, 냇가에서 다슬기를 잡다가 발을 헛디뎌 미끄러진 일, 산에서 나물을 캐다가 뱀을 보고 소스라치게 놀란 일, 아궁이에 고구마를 굽다가 새까맣게 태운 일, 앞마당 멍석 위에서 호박잎으로 쌈 싸 먹던 일, 사촌들과 옹기종기 모여 앉아 윷놀이하던 일, 그리고 너무도 그리운 엄마 생각에 달을 보며 홀로 눈물짓던 일!

지금도 그 당시의 모든 일들이 선명하게, 아주 선명하게 되살아난다. 가고 싶으면 언제라도 갈 수 있는, 내 마음속의 영원한 시골 마을! 그런 시골 마을이 있어서 참 따뜻하다.

(기억의 온도 / 공감이 가는 그들의 말)

자연을 사랑한 마음은 결코 저버리지 않는다.
일생 전체를 통하여 즐거움에서 즐거움으로 인도해 주는 것은
자연의 특권이다.
· · ·
월리엄 워즈워스

우리는 어머니의 품과 같은 자연을 향해 달려가서
자연의 따사로운 주름 속에 몸을 숨기는 이상한 족속이다.
자연 속에서 우리는 잠을 자고 그곳에서 깨어난다.
· · ·
알랭

한겨울에도 움트는 봄이 있는가 하면
밤의 장막 뒤에는 미소 짓는 새벽이 있다.
· · ·
칼릴 지브란

쑥국에 우러난 엄마의 진한 그리움

:
:

"엄마, 배고파."

"거의 다 됐다."

"흠흠… 근데, 이게 무슨 냄새야?"

"구수한 쑥국이지."

지금도 눈에 선하다. 봄이 되면 따사로운 햇살이 살며시 우리 집 앞마당 화단에 찾아들어 와 잠자던 꽃들을 하나둘씩 깨우기 시작한다. 그리고는 곧 마법에 걸린 듯 주위는 온통 오색빛깔 아름 다운 꽃들의 향연이 펼쳐지곤 하는데……. 집안을 온통 진한 향으로 물들이는 샛노란 금잔화가 화단 전체를 화려하게 수놓고, 한편에는 신비스러운 보랏빛을 뿜어내는 꽃창포가 수줍은 듯 고개를

숙이고 있다. 또한 반대편에는 심심할 때 꿀 따 먹는 재미를 주는 선홍빛 샐비어가 하늘을 향해 곧게 솟아있고, 화단을 조금 벗어난 대문 옆에는 늘 한결같은 모습으로 가족들을 반겨주는 한 그루의 소박한 감나무가 무척이나 정겹다.

화단 옆 돌로 만든 넓적한 절구 안에는 빨강 금붕어 두 마리가 마치 숨바꼭질이라도 하듯 이리저리 헤엄쳐 다니느라 나의 커다란 시선을 놓친다. 순간 장난기가 발동한다. 에잇! 손가락으로 미끄덩한 금붕어의 몸을 쓱 한번 건드려 본다. 그렇게 한참을 쪼그리고 앉아 장난을 치다가 바로 옆 수돗가 사이에 나 있는 계단을 오르면 사방이 훤히 트인 조그마한 장독대에 이른다. 그곳에는 엄마가 손수 지으신 고추장, 간장, 된장을 담은 커다란 항아리들이 정겹게 마주 보고 있고, 저기 한쪽 귀퉁이에는 상추와 깻잎을 심은 자그마한 상자 텃밭이 한껏 생명력을 불어넣는다. 비록 높은 장독대는 아니지만 내려다보는 재미에 자주 올라가곤 했다.

장독대에 서서 주위를 쭉 둘러보면 가장 먼저 확 트인 드넓은 초원이 눈에 들어온다. 그 뒤로 저만치 오른편에는 아기자기한 집들이 옹기종기 모여 있고, 왼편에는 큰 도로가 나 있다. 그리고 고개를 들어 좀 더 시선을 멀리 두면 푸른 하늘과 조화를 이루는 작은 산이 하나 있는데, 그 산은 마치 거북이처럼 보인다고 해서 '거북산'이라고 이름 지어졌다고 한다. 지금도 까마득한 그 옛날의 거북 산은 엄마와 함께했던 나의 소중한 추억의 장소로 남아있다. 아마도 지금은 산이 다 깎이고, 그 주변으로 아파트 단지들이 빽빽하게 들어서지 않았을까 싶다.

내가 6살 때쯤이다. 엄마는 항상 소쿠리를 옆에 끼고 나물을 캐러 거북산에 오르곤 했다. 그때마다 난 소꿉놀이할 때 쓰는 작은 소쿠리를 얼른 챙겨 들고 부랴부랴 엄마를 따라나섰다. 엄마는 가는 길에 나 있는 꽃이 옆으로 쓰러져 있기라도 하면 다시 그 꽃을 일으켜 세운 뒤 손으로 흙을 꾹꾹 눌러가며 잘 지탱시켜줬다. 그리고는 매번 거북산을 갈 때마다 행여나 꽃들이 또 쓰러져 있지는 않을까 늘 관심을 갖곤 했다. 거북산은 말이 산이지 언덕처럼 생겨서 오르내리기가 그다지 힘들지 않았고, 산꼭대기에 다다르면 어디에선가 불어오는 시원한 바람이 기분을 아주 상쾌하게 만들어 주었다.

눈을 감고 잠시 심호흡을 한 뒤 살며시 눈을 뜨면 드넓게 펼쳐진 푸른 풀밭에는 메뚜기, 여치, 사마귀가 마치 높이뛰기 시합이라도 하듯 폴짝폴짝 뛰어다니고, 저만치에는 앙증맞은 빨간 산딸기가 나무에 주렁주렁 매달려 있어 당장이라도 따먹고 싶은 충동을 느끼게 만든다. 그뿐인가! 우람한 나무들이 빽빽하게 들어선 습한 곳에는 여기저기 흙빛 고사리가 나 있고, 햇볕이 잘 드는 경사진 곳에는 온통 쑥 천지다. 그 당시 우리 집은 경제적으로 많이 어려웠던 탓에 엄마는 이렇듯 먹거리가 풍성한 거북산과의 인연을 놓지 못했고, 난 그 덕분에 지금까지도 살아있는 자연을 품고 살고 있다.

엄마는 특히 쑥을 좋아했다. 한 손으로 쑥의 잎을 살짝 잡고 칼로 쑥의 뿌리까지 완전히 캐낸 뒤 흙을 탈탈 털어 커다란 소쿠리에 담아냈다. 그렇게 바구니 한가득 쑥이 수북이 쌓여갈 때쯤이면 어느새 해가 뉘엿뉘엿 저물어가곤 했다. 그럼, 엄마와 난 부랴부랴 서둘러 집으로 향하곤 했는데, 그 가는 길도 엄마와 함께여서 그런지 주변의 모든 것들이 정겹고 따뜻하게 느껴졌다. 참 이상하다. 벌써 46년이라는 세월이 흘렀는데도 너무 생생하다. 붉은 노을빛에 그을린 거북산에서 내려와 골목 맨 끝 집인 우리 집으로 향하던 기억이…….

엄마는 집에 도착하자마자 캐온 쑥을 수돗가에서 깨끗하게 씻은 후 곧장 부엌으로 향했다. 한편 밖에 나갔다가 들어온 동생은 어디에서 넘어졌는지 엉엉 울면서 들어오고, 언니도 동네 친구들이랑 얼마나 실컷 놀았는지 옷이 온통 흙투성이가 되어 들어왔다. 그새 집안은 아파서 징징거리는 소리, 씻으러 왔다 갔다 하는 소리, 약상자 찾는 소리로 시끌벅적해졌다. 그 당시엔 안방에 커다란 흑백 TV가 떡 버티고 있던 터라 우리 형제들은 저녁을 먹기 전에 항상 TV 앞에 앉아 만화 프로그램을 보는 게 낙이었다. 정말이지 그 순간만큼은 천국이 따로 없을 정도로 행복했던 기억이 난다.

그렇게 한참 재미에 푹 빠져 있을 즈음, 부엌에서 풍겨오는 구수한 쑥국 냄새가 우리들의 허기진 배를 더욱더 요동치게 했다. 멸치로 우려낸 멸치 육수에 된장을 풀어 구수한 국물을 낸 다음 깨끗하게 씻은 쑥을 넣어 팔팔 끓이면 맛있는 쑥국이 완성된다. 엄마의 정성스러운 손길이 담긴 쑥국과 밥 그리고 콩자반, 김치, 멸치볶음, 김, 마늘종 무침 등의 소박한 밥상이 엄마의 손에 들려 안방으로 들어오는 순간, 밥 두 그릇은 그냥 뚝딱 해치운다. 밥이 조금 모자랐을까? 엄마 밥은 밥통을 아무리 싹싹 긁어도 반 그릇밖에 나오지 않는다. 우리가 엄마 밥까지 죄다 차지해 버린 것이다. 그 당시 엄마는 배가 별로 안 고프다고 했지만 지금 생각해 보니 우리의 주린 배를 채워주기 위해 정작 당신의 배는 주릴 수밖

기억의 온도가 전하는 삶의 철학

에 없었던 것이다.

지금도 가끔 어디에선가 구수한 쑥국 냄새가 풍겨오기라도
하면 그 옛날 엄마 생각에 눈시울이 뜨거워질 때가 있다. 엄마와
바구니 끼고 거북산으로 향하던 길, 산꼭대기에서 불어오는 시원
한 바람을 맞으며 엄마와 심호흡하던 기억, 메뚜기, 여치가 폴짝
폴짝 뛰어다니던 드넓은 풀밭, 빨갛게 익은 산딸기가 주렁주렁
매달려 있는 나무, 습한 지대에 쫙 깔려있는 탐스러운 고사리, 해
가 질 때까지 쪼그리고 앉아서 쑥을 캐던 일, 산에서 내려와 집으
로 향하던 길, 엄마의 손맛이 듬뿍 담긴 쑥국이 놓인 소박한 밥상,
"하하 호호" 웃으며 밥 두 그릇을 뚝딱 비우던 그날, 우리를 향하
던 엄마의 따뜻한 미소…….

이렇듯 엄마의 사랑이 담긴 구수한 쑥국은 내가 이 세상을 보
다 따뜻하고, 아름답게 살아갈 수 있도록 해 준 엄마의 진한 그리
움이었으리라.

어머니란 당신이 어둠밖에 볼 수 없을 때
빛을 보여줄 수 있는 사람이다.

· · ·

그리말도스 로빈

신은 어느 곳이나 있을 수 없어서 어머니를 만들었다.

· · ·

루디야드 키플링

나는 항상 나를 따라다니는 어머니의 기도를 기억한다.
그 기도는 내 인생에서 늘 나와 함께 하였다.

· · ·

A.링컨

가정을 포근하게 감싸는 아빠의 레시피

⋮

"흠흠… 와우! 제법 냄새가 근사한 걸…!"

밀떡, 비엔나소시지, 어묵, 파, 사과잼, 고추장……. 여기에서 사과잼은 잠시 제쳐두더라도 그 밖의 재료들을 보면 어떤 음식이 만들어질지 대충 예측이 될 것이다. 맞다. 우리나라 사람이면 누구나 다 좋아할 법한 대표적 간식거리 중 하나인 떡볶이다. 특히 요즘 들어 다양한 떡볶이들이 출시되면서 골라 먹는 재미까지 더해준다. 그만큼 떡볶이는 없어서는 안 될 중요한 먹거리로 자리매김하고 있다. 오죽하면 『죽고 싶지만 떡볶이는 먹고 싶어』라는 책 제목도 있지 않은가! 이렇듯 군침 도는 맛있는 떡볶이를 아이들의 아빠가 처음으로 시도해 봤다. 그러니까 라면 빼고 처음으로 음식다운 음식을 만들어 가족들의 탄성을 자아내게 한 것이다.

요즘 아이들의 아빠는 툭하면 장을 보러 나간다. 그러고는 정체 모를 음식에 들어갈 각종 재료를 몽땅 사서 들어온다. 사실 장바구니 안을 들여다보고 있노라면 왠지 한숨이 나오기도 한다. 왜냐하면 음식이야 아이들의 아빠가 레시피 관련 유튜브를 보면서 어찌어찌 만들겠지만, 그 밖의 재료 준비라든지 뒷정리, 설거지는 다 내 몫이기 때문이다. 게다가 음식을 만들 때마다 각종 양념 통들은 왜 이렇게 찾아대는지… "소금은 어디 있어?", "설탕은 어디?", "깨소금은?", "간장은?" 물론 지금은 각종 양념 통들의 자리를 다 파악해서인지 그냥 혼자 뚝딱뚝딱해낸다.

그런데 언젠가 엄청난 사건이 하나 발생했다. 물론 여러 번 발생했을 수도 있지만 심증만 있고 물증이 없으니 더 이상 추궁할 수조차 없었다. 그러니까 사건이 발생한 그날, 난 설거지를 하고 있었고, 등 뒤 식탁에서는 식칼과 채소와 도마가 서로 호흡을 맞추는 어설픈 삼중 오케스트라 공연이 펼쳐지고 있었다. "싹둑싹둑 싹싹 싹싹… 싹둑싹둑 싹싹 싹싹…" 그렇게 한참 공연이 펼쳐지고 있을 무렵, 내 시선이 수도꼭지에서 식탁 위로 옮겨갔고, 이내 눈앞에 펼쳐진 광경은 경악 그 자체였다. 아니 글쎄 아이들 아빠가

기억의 온도가 전하는 삶의 철학

포장되어 있던 오이, 파, 청양고추를 그대로 채 썰어 다른 재료들과 막 버무리려고 하는 것이 아닌가!

그 순간 난 큰소리로 "STOP!"을 외쳤고, 곧바로 오이, 파, 청양고추만 양푼 속에서 걸어 내는 분리 작업에 돌입했다. 물론, 이미 얇게 채를 썬 상태라서 일부 채소는 포기해야만 했고, 아쉬운 대로 걸어 낸 채소들은 물로 헹군 다음 다시 버무렸다. 여하튼 그 사건 이후로 그동안 씻지도 않은 채소들이 어떤 음식에 얼마만큼 들어갔을지 무척 의심스러웠지만 완강하게 결백을 주장하니 그냥 믿어주는 수밖에 없었다. 그렇게 그 사건이 발생한 날, 우여곡절 끝에 탄생한 음식이 바로 참간초면이다.

참 신기한 게 제법 맛은 있었다. 물론 요즘 인기 있는 '편스토랑 류수영' 레시피를 한 치의 오차도 없이 그대로 따라 한 덕분인 것 같긴 한데, 여하튼 나름 꽤 그럴싸한 음식이 탄생하곤 했다. 특히 '참간초'라는 숨은 비법의 주인공을 늘 입에 달고 다니면서 어떤 음식이든 이것 하나면 모든 게 해결된다는 식으로 나의 뇌를 서서히 세뇌시켜 나갔다. 참간초는 말 그대로 참기름, 간장, 식초를 알맞은 비율로 섞어 만든 양념장으로서 탤런트 류수영 씨가 직접 개발했다고 한다. 아마 아이들의 아빠는 오늘도 이 참간초를 가지고 어떤 음식을 만들어볼까 요리조리 궁리하고 있지 않을까 싶다.

사실 1년 전까지만 해도 평일, 주말 할 것 없이 가족 식사는 오롯이 나 혼자만의 몫이었다. 평일은 그렇다 치고 솔직히 주말에는 몸이 열 개여도 모자랄 만큼 집안일과 아이들 뒷바라지에 허덕이곤 했다. 특히 일요일엔 일어나자마자 집 안 청소에, 강아지 목욕, 강아지 털깎기 그리고 아침 겸 점심으로 밥까지 차려야 하는 중노동에 시달리곤 했는데……. 우리 집의 귀염둥이인 해피는 제법 튼실해서인지 씻기고, 깎다 보면 어느 순간 거울에 비친 내 모습이 마치 정신 나간 사람처럼 보이기도 한다. 그런 우스꽝스러운 모습으로 또 부지런히 밥을 차려야 하는 상황에서 때론 그동안 쌓인 울화통이 침대에 편안히 누워있는 가족들을 향해 마구 터져 나올 때도 있었다. 그때마다 분에 못 이겨 집을 뛰쳐나가고 싶은 충동을 느끼기도 했지만, 딱히 갈 곳도 없었다.

그렇게 남들 다 쉬는 주말마저 고된 일상의 연속이다 보니 당연히 누워서 리모컨만 돌리고 있는 남편에게 시도 때도 없이 툴툴거리게 되고, 공부와 사춘기로 찌든 아이들의 일그러진 표정 속에서 당연히 행복이란 너무도 먼 얘기일 수밖에 없었다.

그러던 어느 날, 남편이 음식 관련 TV 프로그램에 관심을 갖기 시작했다. 물론 이전에도 이런 프로그램에 관심이 없진 않았지만 달라진 게 있다면 먹고 싶은 욕구가 만들고 싶은 욕구로 바뀌었다고 할까? 따라서 관심 있는 레시피가 나오면 귀를 쫑긋 세우고 집중한 뒤, 마치 영어 단어 외우듯 뭐라고 중얼거리곤 했다. 그리고 그러한 행위들은 서서히 주방으로 발길을 옮기게 했고, 급기야는 이곳저곳을 초토화시키면서 장악하기에 이르렀다. 개수대 주변엔 상한 채소 잎, 다듬어 놓은 야채들이 여기저기 걸쳐져 있었고, 프로판가스 주변에는 기름과 고추장으로 온통 뒤범벅되어 있었으며 바닥엔 채 썰다가 튕겨 나온 야채들이 이리저리 나뒹굴고 있었다.

처음엔 배보다 배꼽이 더 클 것 같다는 생각, 그러니까 음식을 안 해도 된다는 편안함보다는 뒷정리에 대한 부담감이 더 클 것 같다는 생각에 쉴 새 없이 잔소리를 퍼부어댔다. 그런데 레시피를 향한 굳은 의지는 그런 잔소리 따위에 전혀 흔들림이 없었다. 그래서였을까? 그동안 묵묵히 류수영 씨의 레시피를 따라 한 결과 지금은 무려 13가지의 요리를 할 줄 아는 당당한 아빠 셰프가 되어 있다. 그 13가지 레시피란 동파육, 육전, 로제 떡볶이, 허니 마요 떡볶이, 계란볶음밥, 우유 버터 파스타, 감새탕, 치킨 카레, 화덕피자, 잔치국수, 새우감바스, 타파스,참간초면이다.

난 한동안 밥할 일이 없었다. 솔직히 가정주부로서 왠지 놀고 먹는 죄책감이 들기도 했지만 그래도 숨 쉴 틈이 생긴 것 같아 너무 좋았다. 아이들 아빠는 요즘도 퇴근 후면 곧바로 주방으로 향한다. 그러고는 팔을 걷어붙이고 이것저것 만드는 재미에 푹 빠져 있다. 가족들이 자신이 만든 음식을 맛있게 먹어 주면 그것으로 힘이 난다나 어쩼다나. 예전엔 거의 상상조차 못 할 일이었다. 허구한 날, TV 리모컨만 돌리던 손이 가족을 위한 셰프의 손으로 탈바꿈될 줄은. 그동안 돈만 벌어다 주는 기계라는 생각에 자존감, 존재감이 거의 바닥을 치던 남편이었다. 그런데 지금은 자신이 만든 음식을 가족들이 맛있게 먹어 주는 것만으로도 세상을 다 얻은 듯 행복하단다.

지금의 우리 집 분위기는 사뭇 달라졌다. 늘 집안일에 치여 힘들어하던 '엄마'라는 사람은 한결 여유로운 모습으로 가족 한 사람 한 사람을 챙기게 되고, 주방에서는 '아빠'라는 사람이 콧노래를 부르며 맛있는 음식을 준비하고 있어서인지 집안 분위기가 점차 따사로운 온기로 채워진다. 그리고 무엇보다도 아빠를 향한 아이들의 시선이 180도 달라졌다는 점이다. 아빠가 말을 걸 때 툭

하면 짜증 내던 아이들이 말투는 물론 표정까지 부드럽게 변해가고 있으니까 말이다. 매일같이 하루 두 끼 내지 세 끼를 차린다는 것! 경험해 보지 않은 사람들은 잘 모르겠지만 그야말로 중노동이다. 그러한 일을 남편이 조금만이라도 도와준다면 가히 상상을 초월할 정도의 놀라운 변화가 찾아올 것이다.

예컨대, 앞에서 잠시 제쳐두라고 했던 사과잼은 자칫 텁텁할 수 있는 떡볶이의 맛을 아주 상큼하게 변화시켜 줄 수 있는 놀라운 비법이 숨어 있다. 그리고 참간초! 그야말로 인생 양념장이다. 삶은 파스타 면에 참간초로 양념을 한 후 각종 채 썬 야채들, 다진 볶은 고기를 듬뿍 올려서 먹으면 영양도 듬뿍, 1주일에 두 번 이상 생각날 정도로 맛도 있고, 질리지 않는 최고의 음식이다.

기억의 온도 / 공감이 가는 그들의 말

나는 성장하는 과정에서 좋은 스승과 좋은 벗을 많이 만나 큰 도움을
받았다. 그러나 무엇보다도 아버지로부터 받은 사랑과 교훈,
그리고 모범이 가장 훌륭한 교훈이었다.

...

발포아

어머니는 우리의 마음속에 얼을 주고, 아버지는 빛을 준다.

· · ·

장 파울

내 집이 이 세상에서 가장 따뜻한 보금자리라는 인상을
어린이에게 줄 수 있는 어버이는 훌륭한 부모이다.
어린이가 자기 집을 따뜻한 곳으로 알지 못한다면 그것은
부모의 잘못이며 부모로서 부족함이 있다는 증거이다.

· · ·

워싱턴 어빙

방 안에서 자기 아이들을 위해 전기 기차를 매만지며 삼십 분 이상을
허비할 수 있는 남자는 어떤 남자이든 사실상 약한 인간이 아니다.

· · ·

스트라비스키

● ◖◖ 기억의 온도가 전하는 삶의 철학

이불 위를 수놓은 엄마의 사랑

"덜컹… 덜컹…"

눈보라가 휘몰아치기라도 하는 걸까? 현관문이 그 거센 바람과 맞서 싸우느라 힘에 부친다. 그새 문틈을 비집고 들어오는 칼바람은 각 방의 문틈들이 조금씩 나누어준 거실의 온기를 순식간에 앗아 가버린다. 그토록 춥고 적막했던 어느 겨울밤이었다. 그날은 밤새 눈이 펑펑 쏟아졌고, 바람도 심하게 불어서인지 거실 창문이 유난히도 심하게 흔들렸다. 그때 어디선가 고요함을 깨고 나지막이 목소리가 들려왔다. 낮게 깔리는 듯 굵직한 톤에 나름 리듬감을 살린 그 목소리에는 왠지 모를 포근함과 따뜻함이 베어져 있었다.

"♪메밀묵… 찹쌀떡… ♬"

그 당시, 잊을 만하면 또다시 어느 아저씨의 정겨운 목소리가 들려오곤 했다. 비록 얼굴도 모른 채 간간이 들려오던 목소리였지만 내 상상 속에서의 그 아저씨는 좋은 아저씨로 기억되고 있었다. 어린 시절, 우리 형제들은 그런 아저씨의 목소리를 들으면서 그 기나긴 겨울밤을 나름 따뜻하게 지내왔는지도 모르겠다. 사실 그 목소리는 몇 년 전까지만 해도 우리 아파트 옆 사이 길에서 간간이 들려오곤 했는데, 지금은 아예 자취를 감춰버린 듯하다. 그 소리, 다시 한번 들어보면 좋으련만! 그립다, 수십 년의 세월을 이어주던 그 정겨운 목소리가…….

그렇게 그 아저씨의 메밀묵과 찹쌀떡 외침에 침을 꿀꺽 삼켜가며 상상의 나래를 펼치던 그때, 방안에서는 엄마의 주특기였던 시원한 손칼국수의 레시피가 펼쳐지고 있었다. 엄마는 가족이 먹을 만큼의 밀가루를 물과 섞어 손으로 버무린 후, 그 힘이 어디에서 나오는지 곧바로 손아귀의 힘으로 겉도는 밀가루를 탐스럽고 쫀득쫀득한 덩어리로 탈바꿈시키기 시작했다. 그 과정에서 밀가루가 수분이 부족해 갈라지면 물을 더 붓기도 하고, 반대로 질퍽해지면 밀가루를 더 부어가며 탱글탱글한 칼국수의 면발을 위한 반죽 만들기에 온 힘을 쏟아부었다. 지금 생각해 보면 칼국수든 수제비든 제대로 된 밀가루 반죽은 반죽 기계가 따로 없었던 그 당시로서는 그야말로 중노동이었다.

그다음으로, 완성된 반죽을 알맞게 떼어내어 도마 위에다가 올려놓고 밀대로 납작하게 펴는 작업을 했는데, 그 과정 역시 팔뚝과 손바닥에 엄청난 힘이 가해지는 일이었다. 이 같은 사실은 4인 기준, 수제비를 만들기 위한 일련의 과정들을 직접 경험하면서 깨닫게 된 부분이다. 여하튼, 반죽을 한 다음 날이면 팔이 어찌나 욱신욱신 쑤시던지……. 그리고 그 당시 칼국수 기계라고 해봐야 고작 손으로 돌려야만 면발이 되어 나오는 작고 투박한 수동식 기계가 전부였는데, 그마저도 몹시 신기했던 탓에 "와!" 하고 탄성을 질렀던 기억이 난다. 요즘 같은 물질만능 시대에 대부분의 사람들이 풍요 속의 빈곤을 느끼는 데 반해, 빈곤 속의 풍요를 느끼던 그 옛 시절이 오히려 훨씬 더 행복하고 편안했었다는 게 그저 아이러니할 따름이다.

눈이 펑펑 쏟아지던 그날 밤, 우리 형제들은 엄마가 끓여주시던 맛깔스러운 칼국수를 후루룩후루룩 먹으며 잠시 입맛을 다셨던 메밀묵과 찹쌀떡의 기억을 그 뜨거운 김에 서서히 묻어두었으리라. 가끔 가족들에게 수제비나 칼국수를 끓여주려고 엄마의 그 맛을 흉내라도 낼라치면 항상 무언가가 빠진 듯 부족하다. 그래서 이런저런 온갖 양념들을 다 쏟아부어 보지만 여전히 엄마의 그 손맛은 따라갈 수가 없음을 깨닫게 된다. 그렇게 엄마의 정성이 가득 담긴 칼국수를 배불리 먹고 나면 우리 형제들은 더할 나위 없는 행복감을 느끼곤 했다.

게다가 설거지를 마치고 안방으로 들어온 엄마는 잠깐 숨을 돌리는가 싶더니 곧바로 빳빳하게 풀을 먹인 이불 홑청을 넓게 펼쳐놓는다. 그러고는 목화솜이 들어 있는 묵직한 이불을 홑청 한 중앙 위에 힘겹게 펼친 후 그 중앙에 다시 비단으로 된 속 홑청을 덧댄다. 이렇듯 크기별로 3단이 완성되면 가장 커다란 겉 홑청으로 이불을 감싸면서 속 홑청 끝부분까지 연결 지은 후 커다란 장바늘로 한 땀 한 땀 시치기 시작한다. 그때 엄마는 바늘 끝부분이 풀 먹인 빳빳한 감을 잘 뚫고 들어갈 수 있도록 두피에 대고 몇 번 쓱쓱 긁은 후 시치곤 했다. 그건 아마도 두피에서 나오는 기름 때문이 아니었을까 싶다.

그렇게 이불 한 바퀴를 돌고 있을 무렵, 나와 동생은 엄마가 마무리도 하기 전에 그 위로 올라가 마치 드넓은 잔디에 몸을 누이듯 한껏 자유를 만끽하곤 했다. 지금도 그 느낌 그대로 전해지곤 하는데……. 그 당시 날씨가 워낙 추웠던 터라 이불에서 느껴지는 짜릿한 차가움이 있었다. 그 짜릿함을 온몸으로 느껴보고 싶어 대 자로 누워 팔과 다리를 마구 흔들어대던 기억이 난다. 그때 엄마는 그런 나와 동생의 짓궂은 모습을 보면서 화를 내기는커녕 오히려 따뜻한 미소로 바라봐 주곤 했다. 지금 생각해 보면 가족들의 밥을 차리느라 무척 고단했을 텐데, 거기에다 이불 홑청까지 씌워야 하는 상황에서 우리들을 향한 그 시선은 정녕 한없이 깊은 사랑이었으리라.

이불의 가장 포인트라고 할 수 있는, 비단으로 된 속 홑청에는 신비스러운 봉황새 두 마리와 푸른 소나무 그리고 몇 개의 솔방울이 아름답게 수놓아져 있었다. 빨강, 파랑, 노랑, 초록… 그 알록달록 빛이 나는 공간에 벌러덩 드러눕기라도 하면 세상 부러울 게 하나도 없었다. 어쩌면 그 커다란 이불 안에서 정서적인 안정감을 키워나갔을지도 모르겠다. 그만큼 어린 시절에 느껴졌던 이부자리의 세계는 나를 가장 편안하고도 안전한 곳으로 인도해 주는, 엄마의 따뜻한 손길이나 다름없었다.

그리고 지금 두 아이를 키우고 있는 엄마로서, 아이들에게 이불이란 어떤 존재인지 새삼 깨닫고 있다. 가끔 잠에서 깨어 아이들의 방문을 살며시 열어 보면 커다란 이불에 자신의 몸을 맡긴 채 깊은 잠에 빠져들던 모습이 그토록 편안할 수가 없다. 오죽하면 한여름에도 얇은 이불보다는 온몸을 포근하게 감싸주는 두꺼운 이불을 더 좋아하니까 말이다. 사실 나도 이불이 너무 좋다. 하루의 일과를 마친 후 이부자리를 펼 때 가장 행복감이 느껴지는 건 과연 나만 그런 걸까?

지금도 생각난다. 밤새 눈이 펑펑 쏟아지던 어느 추운 겨울밤, 안방을 가득 메운 커다란 이불 위에서 한 땀 한 땀 시침질을 하던 엄마의 따뜻한 모습이……

천국은 어머니의 발 앞에 놓여있다.

...

무함마드

좋은 집이란 사는 것이 아니라 만들어지는 것이어야 한다.

...

조이스 메이나드

우리가 부모가 됐을 때 비로소 부모가 베푸는 사랑의 고마움이
어떤 것인지 절실히 깨달을 수 있다.

...

헨리워드비처

다시 글을 쓰게 한 따뜻한 시선

⋮

선생님 안녕하세요.

한 가지 궁금한 게 있어서 문의드립니다.

〈인생○○〉 출판사는 결정되었는지요?

사춘기 관련 책을 출간하고, 이어 차기작으로서 인간관계에 관한 책을 출간한 지도 어느덧 1년이 훌쩍 넘어섰다. 위 내용은 차기작을 〈인생○○〉이라는 가제로 투고한 지 약 1주일이 지난 어느 날, 모 출판사 대표로부터 전해 받은 카톡 메시지다. 사실 그 대표는 사춘기 관련 책을 제작해준 분이기도 하다. 그러니까 이어 두 번째 책도 그분과 함께 만들게 된 것이다. 뭐 특별히 유명한 사람이면 모를까 같은 출판사에서 연이어 두 권의 책을 낸다는 게 결코 쉽지만은 않은 일인데……. 물론, 첫 번째 책이 반응이 좋다면 출판사 측에서는 두 번째 책도 고려해 볼 수는 있을 것이다. 하지만 내가 모 출판사에서 낸 첫 번째 책이 베스트셀러도, 그렇다고 스테디셀러도 아닌데, 두 번째 책까지 출간하게 된 것이다.

그 두 번째 책을 〈인생○○〉이라는 가제로 투고할 당시였다. 첫 번째 책의 경우, 원고 투고 1시간 만에 연락이 온 출판사도 있었고, 2시간, 3시간, 심지어는 한 달, 두 달, 세 달 만에 연락이 오는 출판사도 종종 있었다. 그런데 두 번째 책도 마찬가지였다. 그중 몇몇 출판사들과 연락이 닿았고, 결국 투고한 원고에 가장 적극적이었던 출판사와 계약을 하기로 했다. 사실 좀 더 시간을 두고 출판사들의 반응을 지켜볼 수도 있었지만 그러기엔 위험 부담률, 그러니까 이리저리 재다가 그나마 마음에 둔 출판사까지 다 놓쳐버리는 경우가 있어서 나로서는 가능한 한 투고한 당일, 가장 마음이 가는 출판사로 정하는 게 낫다고 판단했다.

그런데 문제가 생겼다. 모 출판사와의 계약이 약 1주일가량 지체되는 상황에서 메일로 받은 출판 계약서에 꺼림칙한 부분이 있었던 것이다. 그러니까 다른 출판사들에 비해 초판 인쇄 부수가 너무 과도했고, 인세가 발생하는 판매 부수 또한 작가의 입장에서 볼 때 상당히 부담스러웠다. 어떻게 보면 요즘 흔히 말하는 노예 계약 같다고 해야 할까? 게다가 투고 후 어느 정도 시간이 흘렀기 때문에 몇몇 기회를 놓친 출판사들도 있었고, 이후 다른 출판사에서 연락이 올 거라는 확신도 딱히 없었기에 이러지도 저러지도 못하는 상황에 처하고 만 것이다.

따라서 어떻게 해야 할지 한참을 고민 끝에 그냥 아쉬운 대로 모 출판사와 계약하기로 마음을 먹고, 계약서상에 사인을 하려던 찰나였다. 그때 핸드폰에서 신호음이 울렸고, 혹시라도 다른 출판사에서 연락이 왔나 싶어 서둘러 확인해본 결과, 사춘기 관련 책을 낸 모 출판사 대표의 메시지였다. 그게 바로 위 메시지 내용이었는데……. 안도감과 함께 혹시나 하는 기대감이 교차하는 순간이었다. 그렇게 사춘기 관련 책을 낸 모 출판사와 두 번째 계약이 이루어지게 된 것이다. 투고 후 약 1주일가량의 시간 동안, 모 출판사의 대표는 투고된 내 원고를 보면서 많은 생각을 했으리라 짐작한다.

사실 출판사 입장에서는 아무리 좋은 원고라고 해도 여러 가지 부수적인 조건들을 따지지 않을 수 없다. 왜냐하면 결국 그러한 조건들이 책 판매량으로 이어질 수 있기 때문이다. 예를 들면

작가의 필력과 진정성은 기본이고, 나아가 각 SNS의 인지도, 홍보력까지 갖출 경우 판매 부수가 현격히 달라질 수도 있으니까 말이다. 그러니까 어떻게 보면 예전의 작가들보다 지금의 작가들이 훨씬 더 신경 쓸 게 많아졌다고 할까? 이제는 글만 잘 쓴다고 해서될 게 아니라 마케팅까지 해야 하는 게 요즘 작가들의 현주소다. 그런 의미에서 난 요즘 작가들과 잘 맞지 않는 구석이 있긴 하다.

브런치 작가 2년 차에 아직도 구독자 48명, 페이스북이라든지 인스타 등과 같은 SNS를 별로 좋아하지 않음, 맞팔이라든지 맞구독 등과 같은 억지는 잘 안 맞음, 꾸준히 글을 쓰기보다는 쓰고싶을 때 쓰는 배짱, SNS나 플랫폼에 내 책 출간 소식 딱 한 번 전하기, 홍보 측면에서 중이 제 머리 못 깎음, 무분별한 홍보에 대한 불편함 등 혹시라도 상대방에게 질투심을 유발하거나, 상처를 주거나, 부담을 주거나, 계산적이거나, 억지스러운 것들에 대한 거부반응이 있어서인지 굳이 과하게 드러내는 걸 별로 좋아하지 않는다. 물론 드러내지 않는데, 드러나는 경우는 다른 차원이다. 그런 측면에서 간혹 출판사 측에 죄책감이 들기도 하지만 나름 다른 방법으로 도우면 된다고 생각한다.

여하튼, 그런 나의 투고 원고를 아무 계산 없이, 그냥 진정성

있는 글 하나만으로 선택해준 모 출판사 대표에게 따뜻한 인간미를 느낄 수 있었다. 게다가 나이가 지긋한 그 대표는 겸손하기까지 해서 투고, 원고 수정, 그리고 출간까지 별 우여곡절 없이 아주 편안하고 행복하게 작업을 할 수 있었다. 사실 그 출판사에서 사춘기 관련 책을 출간할 때도 투고 당일, 내 원고에 무척이나 적극적이었던 또 다른 출판사와 계약을 하려던 상황이었다. 다만, 하루 정도 시간을 달라고 했고, 결과에 대해서는 그다음 날에 연락을 주기로 했다. 그런데 그날 밤, 잠을 청하려고 하는데 메시지가 온 것이다.

> 안녕하세요.
> 보내주신 옥고 잘 읽었습니다.
> 사춘기 자녀를 둔 부모의 처절한 고통과
> 대처 방법을 잘 기술하셨네요.
> 훌륭한 원고를 멋진 그릇에 담아 인구에
> 회자되는 작품으로 탄생시켜드리겠습니다.
> 의견 주시면 감사하겠습니다.

서서히 잠의 세계로 빠져들 무렵, 가슴이 참 따뜻해짐을 느꼈다. 비록 짧은 카톡 메시지였지만 나의 마음을 움직이는 데는 그

기억의 온도가 전하는 삶의 철학

리 긴 시간이 필요치 않았다. 난 곧바로 벌떡 일어나 계약하고자 했던 출판사 담당자에게 이번에 함께 하지 못해 죄송하다고, 하지만 다음에 기회가 되면 꼭 같이하고 싶다고 정중하게 메시지를 보냈다. 물론 상대방 역시 정중하게 답변을 보내왔다. 그때 절실히 깨달았다. 진정성이 있는 따뜻한 글은 분명 사람의 마음을 움직이는 커다란 힘이 있다고.

그렇게 그 출판사에서 두 권의 책을 출간하기에 이르렀고, 지금도 그 대표의 인간적이고도 따뜻한 시선은 내가 계속해서 글을 쓰게 하는 원동력이다. 물론 그 대표가 다른 사람에게는 어떻게 비칠지 모른다. 왜냐하면 상대방에게 대하는 태도가 각각 다를 수 있고, 또 그로 인해 상대방이 느끼는 부분도 각각 달라질 수 있기 때문이다. 여하튼 나에게 있어서만큼 그 대표는 따뜻한 시선으로 남아있다. 지금으로부터 20여 년 전, 난 글쟁이였다. 하지만 결혼을 하고, 육아에 허덕이면서 글을 다시 쓰리라곤 상상조차 못 했다. 다만, 내가 죽기 전, 내 삶의 얘기를 한 권의 책으로 펴냈으면 하는 바람은 있었는데, 그 바람이 그 대표와의 인연을 통해 이미 이루어졌고, 그 과정에서 계속해서 글을 쓰고 싶은 마음이 생겼다는 것이다.

우리는 살아가면서 수많은 사람들을 만나게 된다. 그중 나에게 있어서 평생 따뜻한 시선으로 남는 사람들이 있다. 그게 바로 내가 살아가는 힘이다.

여러분과 리무진을 타고 싶어 하는 사람은 많겠지만
정작 여러분이 원하는 사람은
리무진이 고장 났을 때 같이 버스를 타 줄 사람입니다.

* * *

오프라 윈프리

진정한 인연과 스쳐 가는 인연은 구분해서 인연을 맺어야 한다.

* * *

법정 스님

인생은 작은 인연들로 아름답다.

* * *

피천득

겨드랑이에 행복을 심어준 기특한 사랑

⋮

♪우리 집 강아지는 복슬강아지 학교 갔다 들어오면 멍멍멍 꼬리 치며 반갑다고 멍멍멍♬

내가 초등학교 때, 아니 요즘도 가끔가다가 흥얼거리곤 하는 〈우리 집 강아지는 복슬강아지〉라는 동요다. 우리 집에도 베이지색을 띤 복슬강아지가 한 마리 있다. 물론 1주일에 한 번씩 털을 깎다 보니 복슬과는 다소 거리가 있을 수도 있겠다. 하지만 별수 있겠는가! 강아지는 답답한 게 싫을 수도 있고, 가족들의 입장에서는 털 빠짐이나 털 날림이 싫으니까 짧게 깎아주는 수밖에. 여하튼 우리 집 귀염둥이 '해피'는, 첫째 딸아이의 사춘기가 스멀스멀 올라오는 시기에 둘째 녀석의 강아지 타령과 딱 맞물려 결국 우리 집 가족이 되었다.

　지금 생각해 보니 해피가 우리 가족이 된 지도 벌써 5년째로 접어든다. 동네 애견 숍에서 해피를 분양할 당시만 해도 너무 작고 앙증맞아서 어떻게 다뤄야 할지 몰랐는데, 지금은 거의 20㎏ 쌀 한 가마니 무게다. 사실 해피는 '포메라니안'이라는 종의 소형견이다. 그런데 지금껏 키우고 보니 소형견은 절대 아닌 것 같고, 중형견? 아니, 자칫 대형견으로도 비치지 않을까 싶다. 그것은 아마도 믹스견인 데다가 워낙 식탐이 심해서 순식간에 먹어 치우는 습성 때문에 매번 풍족하게 음식을 먹고도 뒤돌아서면 늘 허전한 모습이었다. 그래서인지 가족들은 음식을 먹을 때마다 해피의 눈치를 살피곤 하는데……. 특히 난, 가족들 몰래 식탁 밑에 숨어 있는 해피에게 음식을 던져주는 일이 잦았다. 아무래도 순하게 엎드려 있는 해피가 안쓰러운 마음에서 일 게다.

　그런데 딱히 그런 것도 아니었다. 해피는 결코 순하지 않았다. 집에서는 있는 듯 없는 듯 그토록 순한 해피가 산책을 할 때는 맹견은 아니더라도 때때로 사람들을 움츠러들게 만드는 행동을 한다는 것이다. 예를 들어 자전거나 오토바이, 특히 오토바이가 지나갈 때면 막 짖어대면서 덤벼들기도 하고, 유모차나 사람들 무

　●◖◖ 기억의 온도가 전하는 삶의 철학

리가 지나가도 마찬가지다. 심지어는 조그마한 여자아이가 귀엽다며 쓰다듬으려고 하다가 하마터면 물릴 뻔한 일도 있었다. 물론 이빨만 드러내면서 험악한 모습만 비추었을 뿐 절대로 물지 않았을 거라는 믿음은 확고하다. 왜냐하면 장난삼아 억지로 손을 입 안에 갖다 넣어도 그냥 핥기만 할 뿐, 물었던 적이 거의 없었기 때문이다. 솔직히 살짝 아픈 적은 있었다.

사실 해피가 제대로 된 바깥세상 경험을 한 지는 불과 얼마 되지 않았다. 그러니까 우리 가족이 된 지 5년 만에 비로소 산책의 즐거움을 깨닫게 된 것이다. 예전엔 문밖으로 나가기만 하면 벌벌 떨면서 꿈쩍도 하지 않아 데리고 나가기가 무척 부담스러웠다. 그것도 매번 그런 식이어서 아예 데리고 나갈 엄두조차 나지 않았는데, 근래, 그것도 어두컴컴한 밤에 아파트 정원을 데리고 나간 게 시발점이 되고 말았다. 바깥세상의 맛을 제대로 안 것이다. 지금은 산책할 때만 기다리는 듯, 나의 동선만 살핀다. 혹여, 옷장 문 여는 소리만 들려도 즉시 달려와 안절부절못한다. 밖에 나가자고.

그렇게 5년 동안 집 안에만 갇혀 있었으니 당연히 사회성은 바닥일 테고, 오토바이, 자전거, 자동차, 유모차 등 신기한 것 투성이니 마구 짖어대면서 덤벼들 수밖에…….또 이 겨울에 마른 나뭇가지의 냄새는 왜 이렇게 킁킁거리며 맡아대는지…….뾰족한 나뭇가지에 이곳저곳이 찔려도 자연이 마냥 좋은 듯하다. 이처럼 사람이든 동물이든 살아 있는 자연을 통해서 생명력을 느끼고, 또 거기에서 삶의 활력을 찾는 건 다 마찬가지다. 해피도 산책을 시작하면서부터 더욱더 생기가 돌기 시작했고, 먹는 것 빼고 또 하나의 삶의 낙이 생긴 셈이다. 다만 난, 죄책감 거리가 하나 더 얹어졌다. 실제로 산책을 시켜주지 못한 날은 무척이나 죄책감이 들곤 한다.

그리고 또 죄책감이 들었던 게 하나 더 있다. 사실 해피가 꽤 오랫동안 겨드랑이에 심한 피부병을 앓고 있었다. 마치 아토피처럼 갈라지면서 피부색 또한 거뭇거뭇하게 변해가는 증상이었다. 그렇다고 선뜻 동물병원에 가기에는 검사 비용, 치료 비용, 약값 등 엄청난 비용이 들 것 같아서 그냥 나 나름대로 자주 씻겨주고, 소독을 해주는 식이었다. 그런데 아무리 최선을 다해도 나을 기미는 전혀 보이질 않았고, 틈만 나면 뒷발로 긁기 바빴다. 특히 밤만 되면 가려움증이 더 심해지는지 수시로 일어나 양쪽 겨드랑이를 긁어대곤 했다. 그 칠흑같이 어둡고 조용한 밤에 박박 긁는 소리와 함께 거친 숨까지 헐떡이면서. 그러다 보니 아이들은 제발 병원에 데려가 보라고 애원을 하게 되고, 난 좀 더 기다려 보자고 아이들을 다독이곤 했다.

그러던 어느 날, 고등학교에 다니는 첫째 딸아이가 장학금을 받을 것 같다며 넌지시 귀띔을 해주었다. 사실 딸아이는 내가 2년 전에 집필한 사춘기 관련 책에 나오는 주인공이다. 초등학교 때까지만 해도 모범적인 딸이었는데, 중학교에 들어가면서 사춘기가 아주 극심하게 찾아온 경우였다. 그러니까 그 당시 우리 집은 사춘기의 폭풍우가 거칠게 휘몰아치던 그런 냉혹한 시기였다. 하지만 지금은 그 시기를 무난히 잘 넘기고, 정서적으로도 안정이 되어 있는 것 같아 그저 감사할 따름이다. 그런 딸아이가 장학금을 받는 것도 모자라 그 장학금으로 강아지 피부병을 고치는 데 써달라고 얘기를 한 것이다. 그때 난 고민할 것도 없이 흔쾌히 허락했다. 왜냐하면 자신의 노력으로 얻은 첫 장학금을 뭔가 의미 있는 일에 쓰는 것도 좋을 것 같다는 생각에서였다. 특히 반려견의 고통을 조금이나마 덜어주는 일이었기에.

그렇게 딸아이의 첫 장학금으로 수십만 원 상당의 병원비용을 지불했고, 약 2주 후 해피의 그 지긋지긋한 피부병도 감쪽같이 다 사라지고 말았다. 여기에서 분명하게 짚고 넘어갈 게 있는데,

그것은 다름 아닌 동물 의료혜택 문제다. 현재 1,500만 반려동물 시대에 동물 의료비에 대한 보험료가 없다. 따라서 병원 한번 데리고 가기가 겁이 날 정도다. 사람이 아파도 병원에 자주 못 가는 처지인데, 동물이 아플 경우, 그 비싼 병원비를 어떻게 다 감당할 수 있겠는가! 그래서 유기견들도 끊임없이 증가하는 게 아닌가 싶다. 반려동물을 키우고자 하는 사람들이 늘어나면 그만큼 반려동물에 대한 혜택도 늘어나야 하는 게 당연한 이치인 것을 그 부조화가 낳은 사회적 문제는 결국 우리 인간들이 고스란히 짊어져야 할 과제다.

우리 집 귀염둥이인 해피는 첫째 딸아이의 사춘기 때, 가정의 행복을 전해준다는 의미에서 '해피'라고 이름을 지어줬고, 지금도 그 이름값을 톡톡히 해주고 있다. 가족들이 집에 들어오면 늘 따뜻하게 맞이해주는 해피! 그리고 그런 해피의 겨드랑이에 행복을 심어준 기특한 사랑이 있었기에 난 오늘도 그런 기억들을 떠올리며 기분 좋게 미소 지을 수 있는 게 아닌가 싶다.

기억의 온도가 전하는 삶의 철학

사람에게는 동물을 다스릴 권한이 있는 것이 아니라
모든 생명체를 지킬 의무가 있는 것이다.

· · ·

제인 구달

의식 있는 사람들이 항상 그러는 것처럼 동물을 걱정하는 태도는
강자에 대항해 약자의 편에 서는 것이다.

· · ·

해리엇 비처 스토우

당신이 우울할 때 곁에 강아지가 위로가 되는 건
그들에게는 아무런 이유를 말하지 않아도 되기 때문이다.

· · ·

작자 미상

얼어붙은 마음을 녹인 말 한마디

⋮

"난 결혼하더라도 자식 안 낳을 거야."

"왜?"

"내가 엄마한테 한 게 있으니까."

"……."

그동안 쌓인 마음속 응어리가 한순간에 사르르 녹아내리는 듯했다. 둘째 녀석의 사춘기? 아니 사춘기가 아닐 수도 있다. 그냥 만만한 엄마를 향한 자식의 자연스러운 행동이 아닐까 하는 생각도 해본다. 그렇게 둘째 녀석은 엄마인 나를 참 많이도 힘들게 했고, 한없이 외롭게 만들곤 한다. 초등학교 고학년을 시작으로 중학교 3년, 그리고 고등학교 1학년인 지금까지도 나를 향한 말투에는 뾰족한 가시가 돋아나 있다. 그렇다고 혼을 낼 수 있는 처지도 못 된다. 그나마 학업 스트레스를 풀 수 있는 곳이 가정, 그리고 가정 내에서도 자신을 가장 잘 알고, 받아줄 수 있는 대상이 엄마이기 때문이다. 물론 아빠나 형제일 수도 있겠지만 무엇보다도 자신을 낳아준 엄마가 주는 편안함이 여과 없는 감정의 표출을 이끄는 게 아닌가 싶다.

하지만 엄마인 난 무척 힘이 든다. 아이가 툭 내뱉은 말 한마디에 하루의 기분이 좌우되기도 하고, 또 어떤 때는 그놈의 '엄마 탓' 때문에 자존감이 그야말로 바닥으로 내동댕이쳐질 때가 한두 번이 아니다. 여하튼 아이 스스로가 마음의 문을 열지 않는 이상, 선뜻 다가갈 수도, 위로가 되어줄 수도 없는 게 바로 '엄마'라는 외로운 자리다. 그렇게 난 엄마가 되어서야 비로소 그 깊이를 가늠할 수 없는 지독한 외로움을 깨닫게 되었다. 그러던 어느 날이었다. 늘 마음의 문을 꽁꽁 닫아둔 채 나를 무척이나 외롭게 만들던 둘째 녀석이 나를 향해 한마디 툭 내뱉었다. 자신은 결혼을 하더라도 자식을 안 갖겠다고, 이유는 자신이 엄마한테 한 게 있어서라는 것이었다.

그 말을 듣는 순간, 그동안 아이로 인해 쌓여왔던 섭섭함, 억울함, 분노, 원망 따위의 얼어붙은 감정들이 사르르 녹아내리는 듯 따사로워졌다. 결혼을 하더라도 자식을 안 낳겠다는 말! 왜 엄마로서 그런 말을 듣고도 기분이 되레 편안해졌을까? 게다가 훗날 할머니로서 손주를 못 볼 수도 있을 텐데, 도대체 무슨 이유에서 안도감을 느끼게 된 것일까? 그것은 아마도 부모와 자식 간의 관계에 있어서 나름대로 최선을 다해 왔던 나의 노력이 헛되지 않았음을 확인할 수 있었다는 점과 그동안 아이의 말과 행동에서 느껴지던 막연한 외로움이 언뜻 내비친 말 한마디로 어느 정도 가늠이 되었기 때문일 게다. 그러니까 한마디로 둘째 녀석은 엄마인 나를 대할 때 자신의 본심을 숨긴 채 정반대로 행동한 것이다.

그러다 보니 늘 자식을 대하는 엄마의 입장에서 외로움이 클 수밖에 없었고, '최선'이라는 기준 또한 애매할 수밖에 없었다. 늘 최선을 다해도 돌아오는 것은 원망과 탓밖에 없었으니 얼마나 마음이 허전하고 추웠겠는가! 하지만 "내가 한 게 있으니까."라는 말로 인해 아이의 속마음을 안 이상 이제는 더 이상 그 깊은 외로움이 느껴지지 않는다. 물론 때때로 아이의 무분별한 언행으로 인해 자존심이 상하고, 억울하기도 하지만 나 스스로에게 느끼는 만족감과 아이들을 향한 최선 그리고 거짓 없는 진정성이 지금껏 '엄마'라는 외로운 자리를 오롯이 지켜낼 수 있도록 해준 게 아닌가 싶다.

　사실 그동안 많이 힘들었다. 자식을 낳아 키운다는 것이 이렇게 엄청난 책임이 뒤따를 줄 전혀 예상치 못했다. 아이들이 어렸을 때는 눈에 넣어도 아프지 않을 만큼 무척이나 사랑스럽고 예뻤다. 좋은 방향으로 이끌면 그대로 따라와 줬고, 엄마인 내가 생각하기에 나쁘다 싶으면 아이들 역시 거부하곤 했다. 하지만 아이들이 성장하면서 얘기는 달라졌다. 기존의 좋은 방향은 나만의 기준이 되었고, 기존의 나쁜 것 또한 나만의 기준이 되어버렸다. 따라서 어느 순간, 각자 다른 방향을 보고 있는 아이들 뒤에서 난 기다리는 입장이 되어버린 것이다. 이제는 더 이상 엄마인 나를 바라보지 않는 아이들! 그 허전함과 외로움! 그게 바로 이 세상 모든 엄마들의 운명이고, 삶이었다.

　지금도 생각난다. 둘째 녀석의 눈빛이 변해가던 초등학교 고학년 시절, 게임의 세계에 빠져들면서 엄마인 난 그야말로 걸림돌이나 다름없었다. 그래도 어떻게 해서든 아이가 게임에서 벗어날 수 있도록 갖은 노력을 다 해봤지만 그 모든 일들이 매번 헛수고로 끝이 났고, 이후 중학교에 진학하면서 감당할 수 없는 지경까지 이르고 말았다. 가뜩이나 사춘기와 코로나 시기가 맞물려 그

반항은 가히 폭발적이었다. 늘 게임에 빠져 사는 아이에게 처음엔 말로 설득을 하다가 전혀 먹히지 않는 상황에서 몸싸움도 서슴지 않았다. 하루가 다르게 거칠어지는 말투, 눈빛, 태도, 생활 습관 등을 지켜보면서 그 어떤 부모가 그냥 조용히 넘어갈 수 있겠는가! 그 당시로서는 내 아이의 게임 중독을 막기 위해서라도 몸을 불사를 수밖에 없었다. 물론 남는 건 시퍼런 멍 자국뿐이었다.

게다가 매일 같이 게임에 빠져 살다 보니 당연히 공부는 뒷전일 수밖에 없었고, 그런 아이에게 공부 얘기를 꺼내야만 하는 나 자신이 불쌍하게 느껴지기도 했다. 솔직히 그 당시로서는 엄마가 된 것을 후회한 적도 있었다. 그 정도로 엄마의 역할이 나에게 있어서 너무나도 감당하기 힘들었고, 벅찼다. 그래도 난 엄마니까 아이의 인생을 위해서라도 절대로 포기할 수 없었다. 몸과 마음은 지칠 대로 지쳐있었고, 아이의 반항은 극에 달했지만, 끊임없이 나의 마음을 비워가며 다독여주고, 기다려주고, 지켜보면서 지금 여기까지 올 수 있었던 것이다. 그런 엄마의 마음을 알고는 있는 것일까? 물론 꼭 알아주지 않아도 된다. 지금부터라도 자신의 길을 묵묵히 걸어가 준다면 그것으로 그만이다. 그게 바로 자식을 향한 엄마의 마음이 아닐까 싶다.

"지금은 한 시간 게임하는 것도 너무 힘들어. 예전엔 공부가 게임 시간을 잡아먹는 것처럼 느껴졌었는데……."

얼마 전, 둘째 녀석과 길을 걷다가 들은 얘기다. 지금은 집에서 게임하는 모습을 전혀 찾아볼 수가 없다. 고등학교에 진학하면서부터 학원 다니랴, 학교 시험 대비하랴, 스터디 카페에서 공부하랴 제대로 얼굴 볼 시간도 없을 정도다. 불과 수개월 전까지만 해도 게임 때문에 꽁꽁 얼어붙었던 내 마음이 이제는 측은해지기 시작했다. 지금 생각해 보면 그 어떠한 시련에도 굴하지 않고 끝까지 아이에게 관심을 보여준 부분들이 아이가 다시 일어설 수 있도록 만든 원동력이 아니었을까 싶다. 대부분의 사람들은 가장 가까운 가족들에게 오히려 진정한 마음을 숨기곤 한다. 따라서 그런 마음을 알 수가 없으니 아무리 최선을 다해도 늘 허전하고 공허할 수밖에 없는 것이다.

부디 최선을 다하는 엄마들에게 고마운 마음을 조금이라도 표현해 준다면 그 따사로워진 마음으로 가족들을 위해 더 열심히 살아갈 수 있지 않을까 싶다.

내뱉는 말은 상대방의 가슴 속에 수십 년 동안 화살처럼 꽂혀있다.

* * *

롱펠로

말도 아름다운 꽃처럼 그 색깔을 지니고 있다.

* * *

T.리스

말은 마음의 초상이다.

* * *

미콜라이 레이

밤새 내 곁을 지켜준 따뜻한 체온들

⋮

"엄마, 몸은 좀 어때? 사과라도 좀 깎아줄까?"

올해 초, 남편과 함께 건강검진을 받으러 갔다. 원래는 검진 대상 유효 기간이 작년까지였는데, 나라에서 올 초까지 허용해준 탓에 거의 끝자락에 편승해 무사히 검진을 마칠 수 있었다. 그날 은 날씨가 무척 추웠다. 칼바람이 불어오는 1월 초인 데다가 늦을 세라 이른 아침부터 서둘러 검진 센터로 향했는데, 몸 컨디션이 썩 좋지 않았다. 전날, 대장내시경 검사로 인해 장을 다 비운 상태 였고, 또 각종 검진으로 인해 하루에 한 알씩 꼭 먹어야 하는 갑상 샘 호르몬제도 먹지 않아서인지 속이 다소 메스껍고, 머리도 무 겁게 느껴졌다. 게다가 작년까지 미처 검사를 받지 못한 사람들이 한꺼번에 몰려와 검진 센터 안은 그야말로 마스크 쓴 수많은 인파로 북적거렸다.

사실상 종합 건강검진은 2년마다 한 번씩 정기적으로 받는 검사이긴 하지만 받을 때마다 무척 부담스럽긴 하다. 신장, 체중, 혈압, 허리둘레, 시력, 청력, 체지방 등의 기초 검사를 시작으로 X-ray, 골밀도, 유방 촬영, 부인과 검사, 심전도, 각종 초음파 검사인 복부, 자궁, 갑상샘, 그리고 소변과 채혈 검사를 마지막으로 최종 검사가 끝이 난다. 따라서 오전 9시 전에 센터에 도착하더라도 대기 시간을 고려한다면 오후 5시경쯤에나 집으로 돌아오기 일쑤다. 특히 몇몇 검사들은 대기 시간이 워낙 길어져서 그냥 통과하는 사람들도 상당수 있었다. 그렇게 매번 종합 건강검진을 받고 집으로 돌아오는 날이면 우리 부부는 거의 녹초가 다 되곤 했다.

그날도 대기 순번에 맞추어 차분하게 검진을 받고 있었다. 물론 몸 컨디션이 썩 좋지 않았기에 의자에 다소 비스듬히 몸을 누인 채 그냥 멍하니 앉아 있었는데……. 검사를 거의 다 마치고, 마지막 복부 초음파가 남아있을 때쯤이었다. 갑자기 속이 울렁거리면서 극심한 두통이 찾아왔다. 그것은 아마도 매일 아침, 식전에 복용해야 하는 갑상샘 호르몬제를 복용하지 않아서 그런 게 아니

기억의 온도가 전하는 삶의 철학

었을까 싶다. 예전에도 깜박하고 그 약을 복용하지 않은 적이 있었는데, 그때도 극심한 두통으로 고생하곤 했다, 그래서인지 그날도 어김없이 극심한 두통과 함께 온몸에 식은땀이 나기 시작하면서 얼굴은 백지장처럼 하얘지고, 좀처럼 몸을 가눌 수가 없었다.

그 순간, 남편은 내가 누울 수 있을 만한 긴 의자를 찾아다녔고, 마침 그런 의자가 하나 남아있었는지 멀찌감치 나를 향해 손짓했다. 난 무조건 누워야겠다는 생각에 남의 시선은 아랑곳하지 않은 채 그 긴 의자에 나의 몸 전체를 맡길 수밖에 없었다. 간혹가다가 극심한 두통이 찾아오곤 하는데, 그때는 구토가 나올 정도로 머리가 욱신거린다. 여하튼, 좀 누워있었더니 다소 두통이 가라앉았고, 이후 마지막 검사까지 마친 후 무사히 집으로 돌아올 수 있었다. 그런데 집에 와서도 두통은 좀처럼 가라앉지 않았다. 남편은 바쁜 일정이 있어서 나간 상태였고, 난 그대로 침대에 누워 잠이 들었다. 그렇게 얼마나 잤을까? 잠결에도 머리를 망치로 두들기는 듯한 통증이 온몸으로 느껴졌다. 웬만하면 두통약으로 완화가 되는데, 극심한 두통에는 아무런 소용이 없었다.

도저히 몸이 일으켜지지 않았다. 아이들이 하나둘씩 집으로 돌아오는데, 현관문 앞에서의 마중조차 힘에 겨웠다. 이불 위에 누운 채 그냥 "왔어?"라는 인사말만 겨우 할 뿐, 더 이상의 액션은 취해지지 않았다. 아이들 역시 엄마인 내가 기어들어 가는 목소리로 누워만 있으니 좀 어색했던 모양이다. 사실 난 건강한 편이다. 비록 8년 전, 갑상샘암에 걸리긴 했지만, 지금까지 심하게 아팠던 적이 거의 없었기 때문에 그 당시 나의 아픈 모습을 본 아이들도 어떻게 위로를 해줘야 할지 무척 난감했을 것이다. 정말이지 손가락 하나 까딱하기 싫을 정도로 고통이 심했다. 그렇다고 누군가에게 막 하소연하는 성격도 못되기 때문에 그냥 혼자 감내하며 끙끙 앓았다. 그런 나의 모습, 그러니까 늘 씩씩하게 보였던 엄마의 모습이 아닌, 아픈 엄마의 모습이 다소 낯설기라도 했던 것일까? 어둠이 내려앉은 그 시각, 집안 분위기는 적막감만이 감돌고 있었다.

평소 우리 집 분위기는 아이들이 하교 후 집에 오면 대체로 시끄러운 편이다. 난 엄마로서 아이들이 학교생활을 어떻게 했는지 이것저것 물어보기도 하고, 또 간식 부분에서도 어떤 메뉴를 원하는지 물어보고, 가능한 한 원하는 것을 해주고자 노력하는 스타일이다. 그런데 그날은 몸 컨디션이 최악이다 보니 그 모든 일들이 엄두가 나질 않았고, 아이들 역시 엄마인 내가 무척이나 아파 보인 데다가 딱히 얘기가 없으니 그냥 자신의 방으로 들어갈 수밖에 없었던 것이다. 사실 부모로서 아이들에게 아픈 모습을 보여준다는 게……. 뭐랄까? 죄책감이 든다고 해야 할까? '엄마는 강해야 한다.'라는 인식 때문인지 아파도 마음 편히 아플 수 없는 게 '엄마'라는 자리가 아닌가 싶다.

그 먼 옛날, 나의 엄마도 가끔 누워 있었던 모습이 생각난다. 밥하랴, 빨래하랴, 청소하랴, 육아하랴, 김장하랴 늘 눈코 뜰 새 없이 바빴던 엄마가 어느 순간, 조용히 누워 있는 것을 보면서 어린 마음에 '왜 그러지?' 하며 그냥 대수롭지 않게 지나쳤던 적이 꽤 있었다. 그런데 지금 생각해 보면 해도 해도 끝이 없는 집안 살림을 내팽개친 채 누워 있었다는 것은 많이 아팠다는 것이다. 마음이 아팠든, 몸이 아팠든, 극심한 두통이 찾아왔든, 자식들에게 부담 주기 싫어서 그냥 혼자 조용히 그 고통을 감내하고 있었던 게 아니었을까 싶다. 지금 내 기억으로는 엄마의 아팠던 모습이 손가락으로 꼽을 정도로 극히 적었다. 그만큼 당신의 고통을 자식들에게 보이고 싶지 않았던, '엄마'라는 운명에 길들어 있었던 것이다.

우리 옛말에 '긴 병에 효자 없다.'라는 말이 있다. 그도 그럴 것이 부모 된 입장에서 자식들에게 또 하나의 부담을 얹어줄까 싶어 아파도 안 아픈 척하는 경우가 많이 있다. 나 역시 몹시도 아팠던 그날, 아이들이 나로 인해 힘들어할까 봐 숨죽이며 극심한 두통과 사투를 벌이고 있었다. 그렇게 종합 건강검진을 받고 집에 돌아온 난 계속해서 누워있을 수밖에 없는 상황이었고, 그 사이 둘째 녀석은 저녁 식사도 하지 못한 채 잠이 들어 버렸다. 따라서 아이들 식사도 제대로 챙겨주지 못한 죄책감에 마음마저 몹시 괴로웠는데……. 대입 준비하느라 바쁜 첫째 딸아이가 방문을 살며시 열더니 "엄마, 많이 아파?"라고 묻는 것이었다. 그러고는 내 옆에 앉아 계속해서 손을 주무르며 조용히 위로해주었다.

서서히 극심한 두통이 잦아들기 시작했다. 자정을 넘어 새벽으로 향하던 시각이었다. 그 사이 첫째 딸아이는 엄마인 내가 무척이나 걱정되었는지 사과도 깎아주고, 따뜻한 물도 끓여다 주면서 내 곁을 지켜주었다. 물론 우리 집 반려견인 해피는 내가 눕는 순간부터 줄곧 내 곁을 지켜주고 있었다. 지금도 그때 느꼈던 따뜻한 체온들은 내 삶의 소중한 위로이자 위안이다.

이 세상에 태어나 우리가 경험하는 가장 멋진 일은
가족의 사랑을 배우는 것이다.

. . .

조지 맥도날드

사랑은 가장 가까운 사람,
곧 가족을 돌보는 것에서부터 시작한다.

. . .

마더 테레사

알래스카 집에 사는 이글루 씨

⋮

"우리 고기 먹으러 가자."

지글지글… 보글보글… 도톰한 삼겹살이 숯불 위에서 노릇노릇하게 익어간다. 그 바로 옆, 자그마한 뚝배기 안에는 된장국이 구수한 냄새를 풍기며 끓고 있고, 그 주변으로 파절이, 양파 소스, 마늘, 각종 채소, 그리고 소주 한 병이 한 상 가득 차려져 있다. 허기가 진다. 커다란 상추에 깻잎을 얹고 삼겹살, 마늘, 청양고추, 양파 소스를 올린 후 마지막으로 된장을 척 투척해서 입으로 가져간다. 우적우적… 마치 굶주린 호랑이처럼 미친 듯이 먹어대기 시작한다. 먹고, 먹고, 또 먹고……. 배가 터질 듯이 먹어도 마음의 허기는 채워지지 않는다. 참 많이도 힘들고 외로웠다. 감당하기 힘들 정도로 잔인하고 혹독했던 첫째 딸아이의 사춘기! 그 당시, 늘 살얼음판을 걷고 있었던 나에게 "우리 고기 먹으러 가자."라는 남편의 말 한마디는 내가 하루를 견뎌낼 수 있는 힘이었다.

벌써 꽤 많은 시간이 흘렀다. 지금 둘째 녀석의 사춘기도 거의 막바지를 치닫고 있는 것을 보면 첫째 딸아이의 사춘기는 어느덧 까마득한 옛이야기가 되고 말았다. 나 같은 경우엔 자식 둘다 혹독한 사춘기를 겪은 케이스다. 사실 지금도 의문스럽긴 하다. 그 당시 아이들의 사춘기 수위가 왜 그렇게 셌는지…. 집안 분위기가 그다지 엄격한 것도 아니었고, 아이들이 원하는 부분에서도 나름 최선을 다했다고 생각했는데, 부모 된 입장에서 그야말로 답이 없었다. 지금 생각해 보면, 오롯이 아이들 스스로에 대한 문제가 아니었을까 싶다. 따라서 처음으로 첫째 딸아이의 사춘기와 맞닥뜨렸을 때는 죄책감에 시달릴 수밖에 없었다. 내가 도대체 뭘 잘못했기에 아이로부터 철저하게 외면당해야 하는지 가슴이 늘 허전하고 공허했다.

마치 꽁꽁 얼어붙은 알래스카에 나 혼자 와 있는 듯했다. 이유를 알아야 해결을 할 수 있을 텐데, 그 이유를 전혀 알 수가 없으니 엄마인 입장에서는 온종일 그 혹독한 추위에 그대로 노출될 수밖에 없었다. 늘 그렇듯 하교 후 집에 들어온 아이는 자신의 방문을 쾅 닫고 들어가 버리고, 이후로는 전혀 볼 수조차 없었다. 그런 상황에서 대화를 시도하려고 하면 언제나 돌아오는 건 상처뿐이었다. "엄마가 뭘 알아?"라는 말! 그 당시 첫째 딸아이로부터 귀에 못이 박히도록 들었던 얘기다. 아이 입장에서 볼 때, 엄마인 내가 자신을 알지 못하니 그 무슨 얘기도 하고 싶지 않았을 테고, 설사 얘기를 하더라도 엄마인 내가 해결해 줄 수 없다고 생각했기에 마음의 문을 아예 닫아버린 게 아닌가 싶다.

그렇게 하루하루 고통의 시간을 보내고 있을 즈음이었다. 특히 사춘기 시기에는 아이들의 '잠' 때문에 엄마는 죽고 싶을 정도로 힘이 든다. 그 시기엔 호르몬의 영향으로 인해 잠도 많아지고, 워낙 예민해져 있기 때문에 잠 깨우는 게 여간 힘이 드는 게 아니다. 따라서 난 지푸라기도 잡는 심정으로 '잠 깨우기' 전략에 도전장을 내밀었다. 그러니까 그냥 말로만 하는 잠 깨우기가 아닌 아이의 몸 이곳저곳을 만족할 때까지 긁어주면서 기분 좋게 일어나도록 유도하는 방법이었다. 사실 그 방법은 아이들이 고등학교에 다니는 지금까지도 현재 진행형이다. 여하튼 나만의 '잠 깨우기'로 인해 꽉 닫힌 아이들의 방문을 여는 데 성공했고, 또 스킨십을 통한 아이들의 정서에도 크게 한몫을 했다.

다만, 잠을 깨우는 목적이 문제였다. 예를 들어 아이가 학교에 가야 한다든지, 학원에 가야 한다든지, 숙제를 해야 한다든지, 시험공부를 해야 한다든지 등의 하기 싫은 일이 떡 버티고 있을 때는 잠 깨우기가 그야말로 고통이었다. 특히 학원은 아이가 가야하는 이유보다 엄마가 보내야 하는 이유가 더 컸기 때문에 한 번깨우려면 거의 생지옥이나 다름없었다. 왜냐하면 학원은 엄연한 사교육이고, 그만큼 가정 경제에도 많은 영향을 미치기 때문이다. 그래서 학원 보내기 전, 잠 깨우기는 초긴장을 해야만 하는 상황이었다. 몸 이곳저곳을 긁어주며 기분 좋게 깨워주는 과정에서 아이가 학원에 가기 싫다고 하면 그때부터 집안은 혹독하리만큼 추운 알래스카로 변하곤 했다.

솔직히 그 상황에서 아이한테 매번 돈 문제를 거론하지 않을 수 없었다. 보통 학원 한 번 빠지면 장보기를 한번 거르는 것과 같은데, 그 적지 않은 돈을 그냥 날려 보내는 꼴이 되니 가정 경제를 책임져야 하는 엄마 입장에서 얼마나 속이 타들어 갔겠는가! 반면 아이들의 입장은 그냥 가기 싫으니까 안 가겠다는 것인데…….
그 과정에서 당연히 엄청난 실랑이가 벌어질 수밖에 없는 것이다. 그렇다고 아이가 학원을 아예 안 다니겠다고 하는 것도 아니었으니까 말이다. 지금도 그때의 상황들을 생각하면 다시는 그 시절로 돌아가고 싶지 않다. 북한도 무서워서 못 쳐들어온다는 중2 사춘기! 그런 사춘기 아이와 학원비 문제로 옥신각신하는 처절한 고통은 아마도 같은 경험을 한 부모들이라면 충분히 이해할 수 있지 않을까 싶다.

그 당시 나의 하루는 또 언제 깨질지 모르는 살얼음 위를 조심조심 걷는 일이었다. 도무지 언제 끝날지 모르는 그 숨 막히는 하루가 저물어갈 때쯤, 파김치가 되어 들어온 남편은 파김치가 되어 있는 나를 향해 "우리 고기 먹으러 가자."라는 말을 자주 내뱉곤 했다. 정말이지 혹독하리만큼 추운 알래스카를 헤매다가 이글루를 만난 느낌이라고 할까? 하루 종일 졸인 마음의 허기도 채우고, 꽁꽁 얼어붙은 마음의 추위도 녹일 수 있었던 그 말 한마디는 내가 첫째 딸아이의 사춘기를 그나마 무사히 넘길 수 있었던 또 하나의 이유였다. 만약 남편이 그런 나의 힘든 마음도 몰라준 채 무조건 아이의 편에 서서 나를 외면했다면 지금의 우리 가정이 존재하고 있을지는 의문이다. 그만큼 난 사춘기 아이를 대하는 게 너무나도 힘이 들었고, 남편은 중간자 입장에서 최대한 부인인 나를 이해하려고 노력했다.

사실 어떤 남편들은 아이가 사춘기 때 오로지 아이의 편에 서서 부인을 다그치는 일도 있다고 한다. 또한 반대로 부인의 편에서서 아이를 다그치기도 하는데, 둘 다 좋지 않은 결과를 초래할 뿐이다. 전자의 경우는 대부분의 부인들이 우울증을 앓기도 하고, 후자의 경우는 아빠와 자식 간의 관계가 완전히 틀어져 이후로도 회복하기가 힘들다고 한다. 그러니까 어차피 사춘기 아이를 변화시킬 수 없을 거라면 부인의 편에 시서 그 시기를 잘 견뎌낼 수 있도록 버팀목이 되어주어야 한다는 것이다. 그러면 부인은 그런 남편으로 인해 다시 힘을 얻게 되고, 그 힘으로 다시 사춘기 아이를 포용할 수 있게 되는 게 아닐까 싶다.

'이 또한 지나가리라.'라는 명언처럼 그 혹독하고 잔인했던 사춘기의 기억도 지금은 희미해져 가고 있다. 다만, 그 과정에서 나에게 손을 내밀어 준 따스했던 이글루 씨가 있었기에 그 추웠던 알래스카를 벗어나 우리 가정으로 다시 돌아올 수 있었던 게 아니었을까? 지금도 그 말은 언제라도 듣고 싶은 얘기다.

"우리 고기 먹으러 가자."

사랑한다는 것은 둘이 마주 보는 것이 아니라
함께 같은 방향을 쳐다보는 것이다.

* * *

생텍쥐페리

부부라는 것은 쇠사슬에 함께 묶인 죄인이다.
때문에 발을 맞추어서 걷지 않으면 안 된다.

* * *

고리키

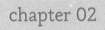

chapter 02

열정적이었던
기억들
(내 삶의 힘)

뜨거운 영혼을 갈아 넣은 글 수프

:

'그래, 그거야!'

글을 쓰는 작가들은 늘 글감을 찾아 헤맨다. 나 역시 그런 작가 중의 한 사람으로서, 이런저런 우리네 삶의 얘기들을 글로 풀어내기 위해 시시때때로 멍때리곤 한다. 물론 여기에서 멍때린다는 것은 상대방에게 비친 모습이 그렇게 보일 수도 있다는 것이고, 정작 내 머릿속에는 생각을 모으기 위한 분주한 작업이 진행 중이다. 글에는 여러 종류의 글들이 있다. 시, 소설, 수필, 감상문, 설명문, 극본, 편지글 등이 있고, 종류에 따라 글의 목적과 성격이 달라진다. 그중 난 내가 직접 경험했던 일들이나 주변 사람들의 경험담 등을 통해 느낀 부분들을 꾸밈없이, 허심탄회하게 써 내려가는 것을 좋아한다.

우선 글의 주제를 정한 뒤 그 주제에 맞는 대략적인 글감들이 상대방에게 공감을 불러일으킬 수 있는지, 위로를 줄 수 있는지, 도움을 줄 수 있는지 고민한다. 그리고 이후 확신이 서게 되면, 그 주제에 맞는 글감들을 계속 상기시키면서 목차를 생각해 내는 데……. 일단 몇 챕터로 구성할 것인지 생각해 본 후, 각 챕터의 대략적인 챕터 명을 정한다. 그런 다음 시간을 두고 각 챕터에 들어갈 글감들의 꼭지 명들을 대략 정해놓는다. 여기에서 각 제목은 독자들이 책을 구입할 때 가장 먼저 시선이 꽂히는 부분이기 때문에 아주 신중하게 고민할 필요가 있다. 다만, 본격적으로 원고를 쓰는 과정에서 굳이 집어넣지 않아도 될 내용, 또 추가시키고 싶은 내용 등 변수들이 많이 작용할 수 있기에 처음부터 목차 명에 완벽을 기할 필요는 없을 듯싶다. 시작이 반이라고는 하지만 시작부터 지치면 이후 본격적인 글쓰기에 오히려 지장을 초래할 수도 있을 테니까.

내가 경험하고 느낀 부분들! 사실 50을 훌쩍 넘긴 이 나이에도 세상은 너무 애매모호한 부분들이 많다. 깨달았다고 생각했지만 결국 그 깨달음은 또 다른 의문을 남기기도 하고, 전혀 생각지도 못한 부분에서 의외의 깨달음을 얻기도 하고……. 그래서 난 그냥 물 흐르듯 자연스럽게 살아가기로 했다. 애쓰지 않고 편안하게. 무엇보다도 상대방에게 피해를 주지 않고, 나의 마음에 귀를 기울이면서 그 마음이 향하는 대로 소신껏 살아가다 보면 적어도 나를 짓누르는 삶의 무게에서 어느 정도 자유로워질 수 있을 것 같다는 생각이 들었다. 그래서일까? 요즘 들어 윤동주 시인의 서시가 자꾸만 떠오르곤 한다. 그중 이 구절은 매번 글을 쓸 때마다 나의 뜨거운 영혼을 있는 그대로 갈아 넣게 만드는 묵직한 울림이 있다.

죽는 날까지 하늘을 우러러
한 점 부끄럼이 없기를
잎새에 이는 바람에도
나는 괴로워했다.

- 윤동주의 서시 중 1연

문득, 글을 쓰고 싶은 마음이 솟구쳐 오를 때가 있다. 그러니까 세상 사람들을 향해 이런저런 삶의 얘기들을 풀어놓고 싶은 것이다. 억울함, 분노, 사랑, 아픔, 희망, 깨달음, 소소한 행복, 상실,

이별, 만남, 일상, 어려움, 고달픔, 그리움 등등 나의 마음 깊은 곳까지 들어가 그 심오한 얘기들을 죄다 끄집어내어 글로 풀어냄으로써 서로 공감하고, 위로하고, 위안을 얻고 싶은 마음이라고 할까? 결혼 이후, 한동안 글을 쓰지 않았다. 아니, 글을 쓰고 싶지 않았다. 무슨 이유에서였는지 나의 마음을 굳게 닫아버린 것이다. 아마도 마음의 병이 깊었던 모양이다. 그런데 지금은 나 스스로 치유할 수 있는 가장 좋은 방법을 찾았다. 그것은 다름 아닌, 나의 뜨거운 영혼을 갈아 넣은 따끈따끈한 글 수프다. 이 글 수프에는 내가 세상을 향해 말하고자 하는 우리네 삶의 얘기들이 진솔하게 녹아 있다.

　무더웠던 7월이었다. 이글이글 타오르는 태양이 마치 지구를 녹여버릴 것 같았던 어느 날, 문득 20여 년 전에 깊숙이 묻어두었던 낡은 펜이 생각났다. 그동안 그 무엇으로도 채워지지 않았던, 그래서 늘 마음 한편이 텅 비어있었던 난 다시 글을 쓰고 싶다는 생각에 한동안 상념에 젖어있었다. 그러고는 곧 여기저기 흩어져 있던 내 삶의 조각들을 하나하나 짜 맞추기 시작했고……. 그런 내 삶의 조각들을 연령대별로 정리, 함축적인 시로 승화시켰다. 그렇게 나만의 시집을 통해 내가 앞으로 써 내려갈 글감들의 창고를 만들어 놓은 것이다. 그중 첫 번째 소재는 시집의 맨 마지막 부분인 40대 후반~50대 초반 사이에 경험했던 삶의 얘기다.

내가 엄마가 되지 않았다면 나의 엄마를 끝까지 이해하지 못했을 첫째 딸아이의 사춘기. 전혀 예상치 못했던 첫째 딸아이의 사춘기를 통해 엄마인 나의 모습을 다시 한번 되돌아볼 수 있었던 계기가 되었고, 또 지금은 이 세상에 없는 나의 엄마를 생각하며 밤새 펑펑 울었던 기억도 난다. 그렇게 세 사람의 삶에 대해서 끊임없이 질문을 던지며 한 자 한 자 글을 써 내려갔고, 결국 한 편의 스토리가 완성되었다. 내가 사춘기 육아서를 낼 수 있었던 이유는 첫째 딸아이의 감당할 수 없었던 반항과 나 스스로에 대한 깊은 성찰 그리고 나의 엄마의 커다란 사랑이 있었기에 가능할 수 있었다. 왜냐하면 내가 나의 엄마에게 느꼈던 그 커다란 사랑을 첫째 딸아이에게 적용을 시켰고, 이후 변화되는 아이의 모습을 지켜보면서 세상 사람들에게 솔직히 얘기할 수 있었던 것이다.

그리고 1년이 흐른 뒤, 세상에 얘기하고 싶은 또 하나의 스토리가 탄생했다. 그것은 내가 지금껏 살아오면서 느꼈던 이면의 세계다. '겉으로 보이는 게 다가 아니다.'라는 말도 있듯이 현상은 그냥 우리에게 보이는 것 그 자체일 뿐이다. 하지만 문제는 그러한 현상을 있는 그대로 받아들이는 사람들이 의외로 많다는 사실이다. 나 같은 경우, 운이 좋았던 게 사람들과의 관계에 있어서 상대방이 속내를 드러내며 허심탄회하게 얘기를 해줌으로써 그 이면의 세계를 보다 깊이 있게 경험할 수 있었다는 점이다. 따라서 나 스스로도 그 이면의 세계를 통해 세상에 대한 두려움이 어느 정도 사라졌고, 그런 나의 경험을 세상 사람들에게 당당히 얘기할 수 있었다.

지금은 또 다른 스토리를 준비 중이다. 그것은 다름 아닌 기억에 관한 얘기다. 과거의 기억이 현재의 삶을 지배하고, 앞으로의 미래에도 영향을 미친다는 점에서 기억에 대한 온도를 측정해 보고 싶었다. 내 삶에 있어서 어떠한 기억들이 나의 마음에 따스함을 전해주는지, 열정을 불러일으키는지, 외로움과 삭막함을 안겨주는지, 시린 아픔을 전해주는지 기억 하나하나를 소환시켜 진솔하게 풀어냈다. 지금도 문득 내 머릿속을 스쳐 지나가는 그 어떠한 기억이 있다. 그 기억을 다시 한번 천천히 떠올려보면서 마음 한편이 따사로워짐을 느낀다. 그리고 오늘 하루도 감사하는 마음으로 살아야겠다는 생각이 든다.

여러분들은 어떤 기억들을 간직한 채 살아가고 있나요?

가슴으로 써라.

···

척 핸슨

말하는 것처럼 쓰라.

···

볼테르

나는 내가 느끼는 것들을 느꼈고,
네가 느끼는 것들을 알았으며,
내가 느끼는 것들을 글로 썼다.

···

로빈 룸

자신의 기억과 경험의 문을 열고 들어가
자기 자신에 대한 이해를 얻는 것이 글쓰다.

···

마이클 래비거

나는 유명해지기 위해 글을 쓰는 것이 아니다.
내 인생의 가치를 높이기 위해 글을 쓴다.

···

아나이스 닌

···

하나의 진실한 문장을 쓰는 것이 당신이 해야 할 일의 전부다.

···

어니스트 헤밍웨이

위대한 글은 기발한 글도, 뛰어난 글도 아닌,
그리고 가장 아름다운 글도 아닌,
세상에 도움이 되는 글이다.

••••

로저 로젠블랫

작가에게 훈련이란 고요해지는 법과 소재가
작가에게 하고자 하는 말에 귀 기울이는 법을 배우는 것이다.

••••

레이첼 카슨

작가는 스파이 같은 사람이다.
주위 사람들을 잘 관찰하면 좋은 아이디어가 나온다.

••••

수지 모건스턴

● ◖◖ 기억의 온도가 전하는 삶의 철학

폐지 줍는 할머니 찾아 삼만 리

쓸쓸한 달빛 아래 내 그림자 하나 생기거든

그때 말해볼까요, 이 마음 들어나 주라고.

문득 새벽을 알리는 그 바람 하나가 지나거든

그저 한숨 쉬듯 물어볼까요, 나는 왜 살고 있는지……?

한동안 아이들을 차로 픽업하면서 들었던 노래다. 조수미 씨의 '나 가거든'. 글쎄 모르겠다, 왜 이 노래를 계속해서 듣게 되었는지……. 그건 아마도 그 당시, 그러니까 나의 엄마가 많이 아파서 그런 게 아니었을까 싶다. 자식으로서 더 이상 손을 쓸 수가 없다고 판단한 나머지 그냥 체념해버린 상태였다고 할까? 이상하게도 아픈 엄마를 생각하면서 이 노래가 무척이나 가슴에 와닿았다.

그래서 한창 아이들 픽업으로 분주했던 그 시절, 엄마를 설득할 수 없었던 나를 향한 자책과 절대로 설득당하지 않는 엄마에 대한 원망으로 뒤엉킨 마음을 위로받고자 이 노래를 참 많이도 듣곤 했다.

한번은 이런 일이 있었다. 엄마를 모시고 살았던 언니가 너무도 지쳐있던 탓에 잠시 우리 집으로 모시고 온 적이 있었다. 그런데 아예 밥맛을 잃어서인지 몸은 점점 더 야위어갔고, 눈 한쪽도 백내장인 듯 동공이 검은색에서 흰색으로 변해가고 있었다. 그리고 그 마른 몸에 복수가 찬 듯 배도 점점 불러왔다. 도대체 어디가 아픈 것일까? 하루하루가 숨 막히듯 너무도 답답했다. 하지만 그런 내 마음도 모른 채 엄마는 죽어도 병원에 안 가겠다고 못을 박았다. 몇 날 며칠 아무리 설득해도 전혀 먹혀들어 가지 않았고, 이로 인해 자식으로서 하지 말아야 할 몹쓸 놈의 쓴소리도 참 많이 내뱉었다.

그러던 어느 날, 도저히 안 되겠다 싶어 엄마를 억지로 등에 업은 채 아파트 공동현관문을 나설 때였다. 엄마는 일방적인 나의 행동이 분에 겨웠는지 나의 등 뒤에서 발버둥을 쳤고, 급기야는 나의 머리채를 잡고 흔들어대기 시작했다. 그렇게 산발이 된

●《《 기억의 온도가 전하는 삶의 철학

채, 한참 동안 옥신각신 고성이 오고 갔고……. 그런 상황 속에서 엄마를 차에 태우고 병원으로 가기에는 턱없이 역부족이었다. 그 때 생각했다. '죽어도 병원에 가기 싫다는데, 과연 이렇게까지 하는 게 무슨 의미가 있을까?' 그러면서 서서히 마음을 내려놓기 시작했고, 남은 엄마의 삶이 어디까지인지는 잘 모르겠지만 그때까지 그냥 엄마가 원하는 대로, 애쓰지 않고 편안하게 해드리고 싶었다.

그렇게 엄마는 다시 언니 집으로 가게 되었고, 난 어린 두 아이를 키우면서 틈나는 대로 엄마를 보러 가곤 했다. 그런데 매번 갈 때마다 엄마의 몸 상태는 물론 정신까지 흐릿해지는 게 확연히 느껴졌고, 그런 엄마를 그저 지켜볼 수밖에 없었던 난 하루하루 가슴이 찢어지는 고통을 맛봐야만 했다. 하지만 두 아이의 엄마로서 아이들도 보살펴야 하는 처지였기에 마냥 슬퍼하고 있을 수만은 없었다. 늘 그렇듯 그 숨 막히는 슬픔 속에서 아이들을 픽업하며 들었던 노래가 바로 조수미 씨의 '나 가거든'이라는 노래였다.

우리네 삶이란 그랬다. 한때는 부모님 품 안에서 마냥 철없는 어린아이 짓을 하다가 결혼과 더불어 나 또한 부모가 됐을 땐 살림하랴 아이들 키우랴 정신없이 살아가게 된다. 그러던 어느 날,

문득 나를 낳아주고 길러주신 부모님이 사무치게 그리워질 때가 있다. 그때 비로소 부모님의 모습이 선명하게 눈에 들어오는데, 마치 나뭇잎이 다 떨어져 버린 앙상한 나무를 보는 듯 아리다. 나도 아이들을 어느 정도 키우고 나서 뒤돌아보니 예전 씩씩하고 건강했던 엄마의 모습이 어느 순간 늙고, 초라하고, 아픈 모습으로 변해있었다.

그런 아픈 엄마를 항상 마음에 품은 채 여느 때처럼 아이들을 픽업하던 어느 날이었다. 그때도 여전히 차 안에서는 조수미 씨의 〈나 가거든〉이 잔잔히 흐르고 있었고, 도로 저만치에서 어떤 할머니가 폐지 가득 손수레를 힘겹게 밀고 가는 모습이 눈에 들어왔다. 그때 난 1차선인 좁은 도로를 주행하고 있었기에 행여나 위험할까 싶어 살짝 중앙선을 넘어서 그 할머니를 피해 갔다. 그러면서 언뜻 그 할머니의 모습을 보게 되었는데……. 순간, 심장이 멎는 듯했다. 아파서 거동조차 못 하는 엄마의 모습과 너무도 닮았던 것이다.

그 이후로 아이들을 픽업하러 가는 길에 늘 내 시선은 그 할머니를 찾고 있었다. 늘 같은 시간대에 아이들을 픽업해야 하는 상황에서 운이 좋은 날은 그 할머니의 모습을 볼 수 있었지만 그

기억의 온도가 전하는 삶의 철학

렇지 않은 날은 아쉽게도 그냥 돌아올 수밖에 없었다. 혹시라도 길이 엇갈렸을까 싶어 골목골목을 헤집고 돌아다닌 적도 있었는데, 그 할머니의 모습은 전혀 찾을 길이 없었다. 하루하루 아픈 엄마를 생각하면서 동시에 그 폐지 줍는 할머니를 그리워하고 있었던 것일까? 아마도 아픈 엄마와 너무도 닮았던 그 할머니를 바라보며 나름 위로받고 싶었던 것이 아니었을까 싶다.

언제부터인가는 차 안에 빵과 우유를 싣고 다니면서 그 할머니에게 건네줄 기회만을 손꼽아 기다렸다. 하지만 계속해서 길이 엇갈렸고, 할머니를 발견했더라도 근처에 차를 주차한 뒤 달려가면 이미 어디론가 사라진 후였다. 그렇게 매번 기회를 놓쳤던 난 무조건 만나고 말겠다는 일념하에 차를 미리 주차해놓고, 한동안 그 할머니가 오는지 지켜보고 있었다. 그때 마침 할머니가 저만치에서 폐지 가득 손수레를 힘겹게 밀고 오는 모습이 보였다. 그 순간, 난 마음을 진정시킨 뒤 건물 옆에 숨어 있다가 할머니가 앞으로 지나가자 곧바로 불러 세워 건물 옆 안전한 곳으로 이동시켰다.

그러고는 촉촉한 빵과 우유를 건네면서 말했다. "할머니, 많이 힘드시죠? 빵과 우유를 좀 사 왔는데 드시겠어요?"라고. 그랬더니 그 할머니는 뜻밖의 호의에 당황한 듯 다소 멈칫했다. 그래서 난 곧바로 "저희 엄마랑 너무도 많이 닮아서 이렇게라도 해드리고 싶었네요. 제 마음이니 그냥 받아주세요."라고 말했고, 이에 할머니는 고맙다며 허겁지겁 빵과 우유를 드신 후 그 무거운 손수레를 겨우겨우 밀면서 어디론가 사라졌다. 그리고 이후로는 그 할머니의 모습을 전혀 볼 수가 없었다. 게다가 이사를 하면서 그 할머니는 내 뇌리에서 서서히 잊히고 있었다.

그토록 아파하던 엄마가 돌아가신 지 벌써 7년째다. 꿈에서라도 한번 봤으면 싶은데, 엄마는 참으로 인색하다. 길거리에서조차 엄마를 닮은 사람은 눈을 씻고 찾아봐도 없다. 부모가 죽으면 땅에 묻고, 자식이 죽으면 가슴에 묻는다고 하는데, 난 엄마를 평생 가슴에 묻고 살아가고 있다. 그런 엄마이기에 그런 엄마를 닮은 그 할머니를 애타게 찾아다녔던 그 시절이 내 삶에 있어서 엄청난 열정으로 불타올랐으리라. 만약, 혹시라도 앞으로 또 엄마를 닮은 사람이 나타나면 그 시절의 열정이 되살아날 수 있을까? 누군가를 애타게 찾아 헤매던 그 열정이…….

●◖◖ 기억의 온도가 전하는 삶의 철학

나의 모든 것, 또는 희망하는 모든 것은 나의 천사,
어머니께 빚지고 있습니다.

. . .

에이브러햄 링컨

저울의 한쪽 편에 세계를 실어 놓고
다른 한쪽 편에 나의 어머니를 실어 놓는다면
세계의 편이 훨씬 가벼울 것이다.

. . .

랑구랄

열정의 헤어스타일이 부른 행복한 일상

:

"○ 차장님, 혹시 집에서 무슨 일 있었어요?"

지금은 개인 사업을 하고 있는 남편이 예전 회사에서 근무할 때, 부하 직원들에게 가끔 들었던 말이라고 한다. 그 가끔이란 그날따라 헤어스타일을 제대로 연출하지 못한 채 소위 '깻잎머리'를 하고 출근할 때다. 그러니까 지금으로부터 10여 년 전, ○○ 회사에서 차장으로 근무할 때였다. 그때 난 출근하는 남편을 위해 나름 멋진 헤어스타일을 만들어주곤 했다. 물론 평범한 회사원이었기에 기본 헤어스타일에서 크게 벗어나지 않는, 2 대 8 가르마에 앞머리만 살짝 힘을 주어 회사원답게 만들어주는 일이었다. 다만 초강력 헤어스프레이로 고정을 해줘야만 퇴근 후 집에 올 때까지

기억의 온도가 전하는 삶의 철학

그나마 스타일을 그대로 유지할 수 있었다.

그런데 부부싸움이 문제였다. 그 당시만 해도 우리 부부는 한창 젊은 부부였기에 싸움거리들도 꽤 많았다. 시댁과의 갈등, 친정 문제, 아이들 육아 문제, 교육 문제, 생활비 문제, 그리고 서로 간의 미묘한 주도권 싸움으로 인해 그 부정적인 감정들이 아침까지 이어지는 경우가 종종 있었다. 따라서 전날 밤, 부부싸움이라도 할라치면 다음 날 아침, 남편의 헤어스타일은 고스란히 남편의 몫으로 돌아갔다. 그렇게 싸움이 벌어진 날이면 남편은 어김없이 화장대 앞에 서서 자신의 머리를 이리저리 매만진 후 출근하는 식이었다. 물론 난 화가 난 상태였기에 어떤 모습으로 출근했는지는 전혀 알 수가 없었다.

어느덧 퇴근 시간이 다가오고……. 문을 열고 들어오는 남편의 모습을 보니 피식 웃음이 나왔다. 글쎄 머리카락이 두상에 딱 달라붙어 가뜩이나 커다란 얼굴이 더 커 보이는 것이었다. 남들이 흔히 말하는 '깻잎머리'라는 것이 바로 이 헤어스타일을 말하는 듯 정말 우스꽝스러워 보였다. 심지어는 사람 자체를 아예 초라하게 만들어 버리는 놀라운 힘까지 숨어있었다. 그 순간, 잔재해 있던 화가 서서히 누그러지면서 다소 안쓰러운 마음이 들기 시작했고, 이내 멋쩍은 표정으로 "오늘 하루 회사 생활은 어땠어?"라고 물었다. 그랬더니 곧바로 "오늘 하루는 그야말로 엉망이었어. 일이 왜 이렇게 안 풀리는지……."라는 대답이었다.

솔직히 그럴 수밖에 없었을 것이다. 내가 봐도 일이 잘 안 풀릴만한 헤어스타일이었다. '겉으로 보이는 것이 다가 아니다.'라는 말이 있지만 겉으로 보이는 자기 관리, 즉 자신에게 어울리는 헤어스타일, 단정한 옷차림, 피부 관리, 몸매 관리 등 상대방에게 호감을 줄 수 있는 인상은 분명 스스로가 노력해야 할 부분이고, 또 그로 인해 하루의 일상이 달라질 수도 있다는 것이다. 물론 상대방에게 잘 보이기 위한 겉치레가 아닌 자기만족이 우선시되었을 때, 그 매력이 한껏 빛을 발할 수 있지 않을까 싶다. 특히 헤어스타일은 그날 기분까지 좌우하는, 그래서 하루의 삶을 이끄는 놀라운 힘이 있다. 따라서 누구든 자신에게 맞는 헤어스타일을 꼭 발견했으면 싶다.

지금의 난 짧은 단발머리다. 하지만 예전엔 올백으로 묶는 일이 잦았다. 그 당시로서는 아직 아이들이 어렸기 때문에 딱히 머리를 손질할 시간적 여유도 없었고, 그냥 묶는 게 가장 경제적이고 편했다. 그러던 어느 날, 올백으로 머리를 묶은 채 열심히 청소를 하고 있었는데, 남편이 그런 내 모습을 보고 꼭 호나우딩유 같다고 했다. 그러니까 브라질의 유명 축구 선수인 호나우딩유의 모습이 나에게서 언뜻언뜻 보인다는 것이다. 그 순간, 난 경악했다. 물론 인신공격을 하자는 것은 아니지만 그래도 그 수많은 유명인들 가운데 왜 하필 호나우딩유인지 사실 좀 충격적이었다. 그 웃지 못할 사건은 아이들이 초등학교에 다닐 때 벌어진 일이었는데, 지금까지도 이어지고 있다.

심지어는 며칠 전, 고등학교를 앞둔 아들 녀석이 갑자기 식사하는 도중에 "엄마, 예전에 머리 묶었을 때 사진 보니까 정말 호나우딩유 닮았더라."라고 하는 것이 아닌가! 그때 난 다시 한번 굳게 다짐했다. 다시는 올백으로 머리 묶는 일이 없을 거라고.

여하튼 부부싸움으로 인해 내가 남편의 헤어스타일을 신경써주지 못한 날, 그러니까 소위 깻잎머리를 하고 출근한 날이면 어김없이 부하 직원들로부터 "○ 차장님, 혹시 집에서 무슨 일 있었어요?"라고 얘기를 듣게 되었고, 그 이후로 난, 무슨 일이 있어도 남편의 헤어스타일을 가장 최우선으로 생각하게 되었다. 솔직히 지금 생각해 보면 매일 아침, 그것도 이런저런 감정에 휘둘리지 않고 오로지 남편의 별 탈 없는 하루를 위해 꾸준하게 머리 스타일에 신경을 써준 그 열정이 도대체 어디에서 뿜어져 나왔는가 싶다. 그만큼 자신에게 맞는 헤어스타일은 곧 자신감이고, 그 자신감은 곧 그날 하루를 잘 이끌어 나갈 수 있는 힘이었던 것이다.

그도 그럴 것이 그 당시 남편은 깻잎머리를 하고 출근할 때와 마누라인 내가 나름 멋지게 손질해준 헤어스타일로 출근할 때를 비교하면서 분명 그날 하루가 달랐다고 얘기하곤 했다. 예를 들어 헤어스타일이 맘에 든 날은 이상하게도 주변 사람들이 더욱더 친절하게 느껴졌고, 또 일도 술술 잘 풀리는 것처럼 느낀 반면 깻잎머리를 한 날은 어김없이 주변 사람들과 많이 부딪치고, 또 일도 제대로 풀리지 않아 집에 올 때 거의 파김치가 되어 돌아왔다는 것이다. 그때 알았다. 나에게 보이는 상대방의 모습은 다른 사람에게도 거의 비슷하게 보일 수 있기 때문에 이왕이면 남편의 행복한 일상을 위해 아침마다 열정적인 헤어디자이너가 되어줘야겠다고.

그로부터 10여 년이 지난 지금, 남편의 헤어스타일은 인공을 가미하지 않은 그야말로 자연 그대로다. 물론 미용실에서 주기적으로 커트와 염색은 하지만 더 이상의 것은 없다. 이제는 남편이나 나나 헤어스타일에 신경을 곤두세울 만큼 예전의 그 열정도 사

기억의 온도가 전하는 삶의 철학

그라들었고, 그냥 있는 그대로의 자연스러움이 좋다. 사실 깻잎 머리도 멋진 헤어스타일을 만들기 위해 인위적으로 머리 모양을 만들어내고 또 스프레이를 뿌려대다 보니 결국 머리카락이 두상에 딱 달라붙는 우스꽝스러운 현상으로 나타났던 게 아닌가 싶다. 지금도 가끔 가다가 그 옛날 깻잎머리 얘기를 하면서 웃곤 하는데, 그날은 유독 일이 잘 안 풀렸다면서 마누라의 손길이 행운을 불러왔다고 괜한 너스레를 떨기도 한다.

나의 존재가 그 누군가의 인생에 조금이라도 보탬이 될 수 있다면 그것처럼 가슴 벅찬 일도 없을 것이다. 특히 내가 할 수 있는 최소한의 일로 상대방의 삶이 행복해질 수 있다면 그 최소한의 일에 최선을 다하는 것도 어떻게 보면 내 삶에 커다란 의미로 다가오지 않을까 싶다. 그 옛날, 난 남편의 행복한 일상을 위해 매일 아침, 우리 집 헤어숍을 활짝 열어젖혔다.

삶의 의미는 사람마다, 날마다, 시간마다 다르다.
그렇기에 일반적인 삶의 의미가 아니라 주어진 순간에
자신이 느끼는 삶의 구체적인 의미가 더 중요한 것이다.

* * *

빅터 프랭클

우리가 우리의 삶의 이야기를 생각할 때 우리는
몇 년을 살았는지나 며칠을 살았는지에 대해서 생각하지는 않는다.
우리가 생각하는 것은 우리의 삶을 삶으로 느끼게 해주는
소중한 순간들에 대해서이다.

* * *

숀 메타

무엇이라도 할 만한 가치가 있는 것이라면 잘할 가치가 있다.

* * *

필립 체스터필드

교육열이 낳은 천자문의 가지치기

⋮

"하늘 天(천), 땅 地(지), 검을 玄(현), 누를 黃(황), 집 宇(우), 집 宙(주), 넓을 洪(홍), 거칠 荒(황), 날 日(일), 달 月(월), 찰 盈(영), 기울 昃(측), 별 辰(진), 잘 宿(숙)……."

지금 생각해 보면 그 시기를 어떻게 견뎌냈는지 잘 모르겠다. 그러니까 하루에 천자문 한 자씩, 천 일 동안 아이들에게 가르치는 것이었다. 그것도 매일매일 누적시키는 방법으로써 말이다. 예를 들어 첫날 '하늘 天(천)'이라는 글자를 가르쳤으면 둘째 날은 '하늘 天(천)'을 가리키며 무슨 자인지 테스트를 한 후 '땅 地(지)'를 가르치고, 셋째 날은 '하늘 天(천) 땅 地(지)'를 가리키며 무슨 자인지 테스트를 한 후 '검을 玄(현)'을 가르치는 식으로 해서 천 일이 되는 날은 천(千) 자를 다 읽어낼 수 있도록 하는 것이었다. 물론 엄마인 입장에서 그냥 한자 학습지나 학원에 보내면 편할 수도 있었겠지만, 그 당시로서는 내가 직접 가르치고 싶은 욕망이 컸다.

첫째 딸아이가 초등학교에 입학할 당시, 난 학부모로서 학구열이 꽤 높은 편이었다. 무엇보다도 첫째 아이인 데다가 잘 가르치고 싶은 마음에 나만의 방식으로 아이를 이끌어 나갔다. 특히 독서 토론 논술 분야에 관심이 많았던 터라 글쓰기와 그에 따른 어휘력만큼은 엄마인 내가 직접 가르치고 싶었다. 따라서 우리나라 같은 경우, 주로 한자로 이루어진 단어들이 많아서 천자문부터 가르쳐야겠다는 생각이 들었고, 이후 〈천자문 쓰기 교본〉과 〈천자문 벽걸이용〉을 이용해 본격적으로 가르치기 시작했다. 사실 하루에 한 자라고 생각하면 별것 아니라는 생각이 들겠지만 아이 입장에서는 쓰면서 그때그때 익혀야 했기 때문에 자칫 스트레스로 작용했을 수도 있다. 특히 시간이 지남에 따라 누적되는 한자의 수가 그만큼 증가하고, 또 그에 따른 테스트 역시 압박감으로 작용했으리라 생각한다.

그런데 첫째 딸아이는 공부라고 생각하지 않고, 하루하루 즐기는 듯 보였다. 마치 스펀지처럼 쏙쏙 빨아들이면서 한 획 한 획

써 내려가는 것에 최선을 다했고, 그동안 배운 누적된 한자들도 정확하게 읽어내곤 했다. 그 과정에서 이왕이면 남매가 즐겁게 할 수 있도록 둘째 녀석도 동참을 시켰는데……. 사실 그 당시 유치원에 다니고 있었던 둘째 녀석에게는 한자가 다소 낯설고, 어려울 수도 있었겠지만, 나의 불타오르는 학구열에 감히 제동을 걸 수조차 없었다. 뭐 제동이라고 해봐야 아직 어렸기 때문에 징징거리며 하기 싫다고 투정 부리는 게 전부였을 텐데, 첫째 딸아이가 워낙에 잘 따라와 주니 둘째 녀석도 그냥 덩달아 따라올 수밖에 없었다.

그렇게 월, 화, 수, 목, 금, 토 6일 동안 6개의 새로운 한자를 가르치고, 매주 일요일에는 그동안 가르쳤던 누적된 한자들을 책받침으로 가린 후 읽어보도록 테스트를 했다. 그리고 거실 벽에는 커다란 〈벽걸이용 천자문〉을 붙여놓고 아이들이 오가면서 볼 수 있도록 유도했고, 불시에 특정 한자를 짚으며 무슨 글자인지 물어보기도 했다. 그러니까 한마디로 집안을 온통 천자문 환경으로 만들어 버린 것이다. 그러다 보니 아이들도 〈벽걸이용 천자문〉 앞에서 한 자 한 자 짚어가며 읽어보기도 하고, 또 어떤 때는 두 녀석이 서로 한자 맞추기 게임을 하면서 깔깔거리며 웃곤 했다.

그러던 어느 날, 천자문 가운데 거의 오백 자가량을 가르칠 즈음이었다. 하루에 한 자임을 고려한다면 기간으로는 거의 1년 반, 그러니까 천자문을 가르친 지 약 548일 정도 될 무렵이었다. 물론 하루에 한 자라고는 하지만 그날 일이 있다거나 아이들이 하기 싫어한다거나 또 간간이 내가 귀찮아서 거르는 날도 있었기 때문에 548일을 훨씬 더 초과하지 않았나 싶다. 여하튼 그런 날만 제외하고는 별문제 없이 잘 진행되는 상황이었는데, 오백 자를 넘어서는 순간부터 서서히 삐거덕거리기 시작했다. 둘째 녀석이 지쳐버린 것이다. 그도 그럴 것이 한자들의 난이도도 갈수록 더 어려워지고, 누적되는 한자 수도 많아지니 당연히 그럴 수밖에. 따라서 테스트가 있는 주말엔 온갖 투정을 부리면서 징징거리곤 했다.

하지만 난 포기하지 않았다. 훗날 엄마로서 '참 잘했다.'라고 판단할만한 일이 천자문을 가르치는 것이라고 생각했고, 그 어떠한 일이 있어도 마지막 골인 지점인 '어조사 也(야)'까지 완주할 거라고 굳은 의지를 불사르곤 했다. 사실 한자의 음과 뜻을 알면 우리나라에서 사용되는 다양한 어휘들에 대한 이해의 폭이 그만큼 넓어질 수 있고, 또 어휘력은 독해력으로까지 이어질 수 있기 때문에 나로서는 절대로 포기할 수 없었던 육아 교육 중의 하나였

기억의 온도가 전하는 삶의 철학

다. 따라서 둘째 녀석에게는 그때그때 당근과 채찍을 병행하면서 지치지 않도록 유도해 나갔고, 결국 3년여 만에 걸쳐 천자문을 완전히 뗄 수 있었다.

지금도 그때의 성취감은 이루 말로 형언할 수 없을 정도다. 천 자나 되는 한자들을 일일이 테스트하는 과정에서 아이들이 한 자 한 자 막힘없이 술술 읽어 내려갈 때의 심정은, 뭐랄까? 그동안 쌓였던 온갖 마음고생이 한순간에 싹 씻겨 내려가는 듯한 기분이라고 할까? 내가 뭔가 큰일을 해낸 듯 뿌듯했다. 게다가 좋은 결과로까지 이어지는 상황들이 속속들이 드러나기 시작했다. 첫째 딸아이의 경우, 모르는 단어가 나오면 그 즉시 한자의 음과 뜻을 대입하여 얼추 단어의 뜻을 유추해 내는 능력이 생겨난 것이다. 예를 들어 책을 읽다가 '귀로'라는 단어가 나오면 '돌아갈 歸 (귀)', '길 路(로)'를 대입하여 얼추 '돌아가는 길'이라고 단어의 뜻을 유추해 낼 수 있었다.

정말이지 놀라웠다. 아이가 "엄마, 이 단어의 뜻이 뭐예요?"라고 묻기 전에 이미 아이 스스로가 무의식적으로 단어의 뜻을 알아차릴 수 있게 된 것이다. 또한 그로 인해 책을 읽고 난 후에도 내용 파악이 대체로 수월한 편이었다. 다만, 둘째 녀석은 잘 모르겠다. 그 당시 죽을힘을 다해 가르쳤지만, 그 효과가 어느 정도인지 파악할 길이 전혀 없으니까 말이다. 책을 읽는 것도, 글을 쓰는 것도 별로 좋아하지 않는 데다가 말도 없고, 대답도 거의 단답형 수준이어서 어휘력 수준이 어느 정도인지 가늠할 길이 전혀 없다. 이제 곧 고등학교에 들어갈 둘째 녀석이 얼마 전에 한 얘기가 갑자기 스쳐 지나간다.

"엄마, 예전에 천자문 가르쳐준 것, 다 잊어버렸어. 솔직히 나한테는 도움이 전혀 안 된 것 같아."

공부는 스스로 원할 때, 그리고 흥미가 느껴질 때 비로소 최대의 효과를 누릴 수 있다. 그 옛날, 한 녀석은 마치 스펀지처럼 천자문을 쏙쏙 빨아들인 데 반해 다른 한 녀석은 마치 연꽃잎처럼 천자문을 흡수하지 못한 채 겉돌고 있었던 것이다. 그중 한 녀석은 그 당시 배웠던 천자문을 기반으로 어휘력을 계속해서 확장해 나갔고, 지금은 엄마인 나보다 훨씬 더 고급스러운 어휘들을 일상생활 속에서 자연스럽게 구사하고 있다. 그리고 나아가 한자를 사용하는 중국어로까지 확대시켜 나가고 있으니 그 당시 천자문을 향한 나의 뜨거운 열정이 그리 헛되지는 않았으리라.

교육의 뿌리는 쓰지만 그 열매는 달다.

· · ·

아리스토텔레스

교육의 참된 목적은 각자가 평생 자기의 교육을
계속할 수 있게 하는 데 있다.

· · ·

듀이

다섯 살 된 자식은 당신의 주인이고, 열 살 된 자식은 노예이며,
열다섯 살 된 자식은 동등하게 된다.
그 후부러는 교육시키는 방법 여하에 따라
벗이 될 수도 적이 될 수도 있다.

· · ·

탈무드

자녀교육의 핵심은 지식을 넓히는 것이 아니라
자존감을 높이는 데 있다.

· · ·

레오 톨스토이

잠깐 스쳐 지나갔던 뜨거운 촛불

:

"○○뉴스에 잠깐 얼굴이 스쳐 지나갔다는데?"

"내 얼굴이?"

며칠 전, 남편과 영화를 보러 갔다. 코로나 이후 처음으로 큰 맘 먹고 영화관에 간 것이다. 그래서 이왕이면 재미있게 관람하고 싶은 마음에 초대형 크기의 달콤한 팝콘과 콜라를 샀다. 그런데 음식물 반입이 안 된다니 나 원 참……. 코로나가 참 많은 것들을 바꾸어 놓았다는 생각이 들었다. 여하튼 아쉬운 대로 푸드 코너에 맡겨놓고, 깊고 어두운 영화의 세계로 발을 내디뎠다. 그리고 난 다시 지난 정권 때의 그 불타오르는 촛불이 되어 있었다. 국정농단, 세월호, 국정교과서 왜곡, 공권력의 사유화, 입시 비리, 정경 유착, 정언 유착 등등… 난 두 아이의 엄마로서 아이들의 미래를 위해서라도 무조건 거리로 나가야만 했다. 그리고 주먹을 불끈 쥐고 외쳤다.

"퇴진", "구속"

그런 나의 모습이 모 방송국 카메라에 찍혔던 것일까? 그 당시 각 방송사들은 국정농단으로 인한 특종들을 거침없이 쏟아내는 상황이었다. 그런 와중에 촛불을 들고 외치는 나의 모습이 모 방송국 뉴스에 잠깐 스쳐 지나갔다고 남편의 지인이 얘기해 준 것이다. 그렇게 난 〈나의 촛불〉이라는 영화를 보면서 다시 그 시절로 돌아가 가슴이 뜨거워졌고, 나도 모르는 사이에 눈물이 커다란 스크린을 뿌옇게 흐려놓고 있었다. 그리고 코로나로 인해 비록 관객은 많지 않았지만 분명 느낄 수 있었다. 지난 정권 때, 함께 촛불을 들고 대한민국의 민주화를 위해 간절하게 부르짖었노라고.

지금도 눈에 선하다. 세월호를 시작으로 국정농단의 비리들이 하나둘씩 터져 나올 때 '어! 설마….' 하는 마음으로 각종 언론 보도에 귀를 기울였다. 그런데 시간이 지날수록 상상을 초월하는 일들이 거침없이 쏟아지면서 나의 가슴은 이미 분노로 얼룩지기 시작했다. 나라를 다스린다는 것! 사실상 어려운 문제다. 가정 하나 다스리는 것조차 다들 의견이 분분해 쉽지 않은데, 전 국민을 다스린다는 게 어디 만만한 일이겠는가! 그래도 그렇지. 한 개인에 의해 국정이 좌지우지된다는 것은 도저히 있을 수 없는 얘기였다. 그 당시 남편은 이미 현 정권과 맞서 싸우기로 작정을 한 상태였고, 나 역시 동참하기로 했다. 그렇게 둘은 시간이 허락하는 한 거리로 나가 촛불을 들었다.

지금 생각해 보면 아이들에게 미안한 부분도 참 많았다. 매번 광화문 촛불 집회에 나갈 때마다 치킨과 피자는 그야말로 단골 메뉴였으니까 말이다. 이후 피자와 치킨 얘기만 나오면 고개를 절레절레 흔들곤 했다. 그리고 거의 밤 12시가 넘어서 들어오는 경우가 많았는데, 그때마다 아이들은 여기저기에서 그냥 곯아떨어져 있었다. 그렇게 나와 남편은 눈에 밟히는 어린아이들을 뒤로한 채 배낭에 물과 돗자리, 휴지, 간식, 촛불 등을 챙겨서 광화문 광장으로 향했다. 전철역에서부터 광화문까지 발 디딜 틈 없는 인파 속을 헤집고 들어가 그 수많은 촛불 가운데 하나가 되어 타올랐다.

그 시작은 아마도 10월쯤이었을 게다. 누가 나오라고 부추긴 적도 없었고, 같이 가자고 부추긴 적도 없었다. 그냥 마음이 향하

기억의 온도가 전하는 삶의 철학

는 그곳으로, 발길 닿는 그곳으로 갔을 뿐이다. 그곳이 바로 광화문 광장이었다. 처음엔 나의 작은 촛불 하나가 큰 힘이 될 수 있을까 생각했다. 그런데 시간이 지날수록 촛불의 힘은 경이로움 그 자체였다. 마치 거대한 촛불의 물결이 일렁이듯 거리는 온통 화려한 빛의 세계로 물들어갔고, 그 강렬한 빛은 우리가 그토록 바라던 염원을 온 세상에 알리고 있었다. 끝이 보이지 않는 사람들의 행렬, 아기를 안고 나온 엄마, 어린아이들의 손을 잡고 나온 부모, 학생들, 배낭을 멘 부부, 나이가 지긋하신 노인 분들, 연예인, 정치인 그리고 각종 언론 매체, 시민단체, 사회단체, 학교 단체, 종교단체, 세월호 가족들, 잡상인 등 모든 국민이 쏟아져 나온 듯했다.

이 나라! 내가 사는 이 나라에 대한 분노가 극에 달했던 것일까? 이곳저곳에 설치되어 있었던 연단에는 목 놓아 외치는 사람들로 북새통을 이루었고, 그중에는 중학교에 다니는 여학생, 살림하는 아줌마, 평범한 회사원 등도 있었다. 나라가 왜 이 지경이 되었는지 그저 한숨만 나왔다. 장차 우리 아이들이 살아갈 나라인데, 어른으로서, 부모로서 죄책감이 들었다. 그래서 이렇게라도 촛불을 들지 않으면 영영 그 죄책감에서 벗어나지 못할 것 같았다. 넓디넓은 광화문 광장을 돌면서, 차디찬 광장 바닥에 앉아서, 마지막으로 청와대를 향해서 촛불을 꺼내 들었다. 그리고 큰소리로 외쳤다. "이게 나라냐?"라고.

쉽게 끝날 것 같진 않았다. 어느덧 선선한 가을의 끝은 차가운 겨울을 붙잡고 있었다. 비가 오면 우산을 들고, 찬 바람이 불면 옷깃을 여미고, 눈이 오면 두꺼운 옷으로 무장을 한 채 광화문으로 향했다. 그렇게 그곳에서 10월, 11월, 12월, 그리고 새해 1월을 맞이하게 된 것이다. 솔직히 난 그사이에 지쳐가고 있었다. 아이들도 걱정이 됐고, 나라다운 나라가 되는 길이 그저 멀게만 느껴졌다. 그래도 포기할 수 없었다. 촛불 하나하나가 모여 거대한 힘을 만들어내고, 또 그 거대한 힘은 우리가 원하지 않는 나라에 대한 거부권을 행사할 수 있도록 만들어 줄 테니까.

촛불을 든 수많은 사람은 광화문과 청와대를 에워싼 채 전경들과 팽팽하게 대치하고 있었고, 언론에 대한 불신도 크게 자리 잡고 있어서인지 모 방송국 중계차를 향해 "너희들도 언론이냐?"라고 외치며 손에 쥐고 있던 무언가를 냅다 던지기도 했다. 그때 마이크를 들고 있던 남녀 아나운서가 황급히 밑으로 숨는 우스꽝스러운 모습도 발견할 수 있었다. 또한 모 방송국 기자는 취재하는 내내 화가 난 어떤 시민에게 죄송하다고 비는 모습도 보였다. 한마디로 언론에 대한 신뢰가 바닥을 치는 순간이었다. 그 당시

국민들의 분노는 극에 달해 있었다. 정치, 언론, 법조계, 그 모든 것들이 얽히고설켜서 어디서부터 풀어나가야 할지 그저 까마득하기만 했다.

그렇게 혹독했던 긴 겨울이 지나가고, 다시 평범한 일상으로 돌아오기까지 〈나의 촛불〉이라는 영화를 보면서 그 당시 나의 촛불도 다시 한번 생각해 볼 수 있었던 시간이었다. 내 평생, 나라를 위해 끓어오르는 분노를 느끼고, 또 그 분노를 나의 뜨거운 촛불로 승화시킬 수 있었다는 것에 대해 지금도 가슴이 벅차오르곤 한다. 앞으로 우리 아이들이 살아갈 이 나라에 또 그와 같은 일이 벌어진다면 난 다시 촛불을 들 것이다. 지금도 생각난다. 한기가 느껴지던 12월 초였다. 땅거미가 질 무렵, 어두컴컴한 광화문 광장을 수많은 촛불들이 환하게 밝히고 있던 그때, 외투도 입지 않은 어느 할아버지가 그 수많은 촛불들을 바라보며 감동의 눈물을 흘리고 있던 모습이……

세상에 빛을 전파하는 방법에는 두 가지가 있다.
한 가지는 빛을 내는 촛불이 되는 것이고, 다른 한 가지는
촛불의 빛을 반사해 주는 거울이 되는 것이다.

· · ·

제임스 켈러

어둠 속에 촛불을 가지고 가라.
그리고 어둠 속의 촛불이 되라.
그런 후에 당신이 어둠 속의 빛이라는 것을 깨달아라.

· · ·

어슐러 K. 르 귄

한 개의 촛불로 수천 개의 촛불을 켤 수 있다.
그리고 그렇게 한다고 해서 그 촛불의 수명이 줄어드는 것은 아니다.
이처럼 행복이란 것도 나눈다고 해서
줄어드는 것이 아니란 것을 명심해라.

· · ·

루미

작은 촛불이 어둠 속에서 얼마나 멀리까지 가는지를 생각해 보라.
옳은 행동도 이 험난한 세상 속의 이런 촛불과 같은 것이다.

· · ·

캐서린 던햄

개처럼 벌어 바람처럼 사라지다

:

"엄마, 나 오늘 몸이 안 좋은데, 학원 좀 빼주면 안 돼요?"

드디어 또 올 것이 왔다. 가슴이 철렁 내려앉는다. 순간, 선택의 기로에 서서 방황하지만 결국 아이의 말을 들어주고 만다. 예전엔 아이가 학원을 빼 달라고 하면 이런저런 이유, 심지어는 협박도 서슴지 않고, 무조건 학원에 가도록 만들었다. 그런데 언제부터인가 학원을 보내기 위한 실랑이가 아무런 의미 없이 느껴지기 시작했다. 무엇이든 마음에서 우러나야 하고 싶고, 그 하고 싶은 마음이 곧 실행으로 옮겨지기 마련인데, 아이의 우러나지 않는 마음을 억지로 이끌다 보니 감정 소모도 많이 되고, 그 과정에서 서로의 마음에 아픈 상처를 남기기도 했다.

따지고 보면, 우리 집 아이들의 경우, 사교육에 노출된 지도 꽤 오래됐다. 초등학교에 다니기 전, 그러니까 유아 시절부터 기본적으로 영어, 피아노, 스포츠 정도는 했으니까 말이다. 그래도 그 당시에는 아이들이 워낙 어렸고, 주로 예체능 위주의 수업을 했기 때문에 배움의 즐거움 또한 컸다. 따라서 사교육비를 지원하는 부모로서는 그다지 아깝다는 생각이 들지 않았고, 학원비 역시 감당할 만했다. 그리고 무엇보다도 아이들이 어렸을 때는 모든 영역에 있어서 가능성이 활짝 열려 있었기 때문에 부모로서 커다란 희망을 품는 그런 시기였다고 볼 수 있다. 그 시기, 자식을 향한 교육열이 활활 타오르다 보니 사교육비 지출 또한 당연하게 받아들였던 게 아닌가 싶다.

그런데 세월이 흘러 아이들이 초등학교를 졸업하고, 중·고등학교에 입학하면서부터 180도 달라지기 시작했다. 이제 입시 위주의 학업으로 바뀌다 보니 예체능보다는 주로 필수 과목인 국, 영, 수 위주로 공부를 할 수밖에 없고, 이로 인해 배움에 대한 즐거움보다는 공부에 대한 압박감이 아이들의 어깨를 짓누르기 시작한 것이다. 매일같이 학교와 학원을 오가며 방대한 공부량에 허우적대고, 또 숙제는 왜 이리도 많은지……. 게다가 운동할 시간, 잠잘 시간, 심지어 밥 먹을 시간조차 없는 일상 속에서 아이들은

기억의 온도가 전하는 삶의 철학

과연 무슨 생각을 할까 싶다. 물론 공부가 정말 하고 싶어서 하는 아이들은 상관없다. 문제는 어쩔 수 없이 하는 아이들이다.

사실상, 우리 집의 두 녀석 역시 어쩔 수 없이 공부하는 스타일이다. 엄마 입장에서 볼 때, 이왕이면 즐겁게 공부해 줬으면 싶지만, 아이들 입장에서는 그 부분에 대해서 절대로 용납할 수 없다고 한다. 그 이유는 우리나라의 뿌리 깊은 학벌 문화로 인한 서열화 때문이다. 따라서 좋은 대학을 가기 위해 치열한 경쟁 속에서 살아야 하는 비참함, 우울함, 외로움, 억압, 분노, 스트레스, 숨막힘 등에 대해서도 서슴없이 표출하곤 한다. 솔직히 부모 입장에서도 그렇다. 수년간 아이들을 지켜본 결과, 우리나라의 학업 시스템은 절대로 즐길 수 없음을 말해주고 싶다. 특히, 고3 아이를 둔 학부모로서 어떤 때는 자식을 사육하는 느낌마저 들 때도 있으니 참으로 기가 막힐 노릇이다.

분명, 행복은 성적순이 아닐 텐데……. 치열한 경쟁 사회 속에서 뒤처지는 것 또한 행복하지 않을 듯싶어 최선을 다해 자식들 뒷바라지를 해주고는 있지만 어느 순간, 그런 나의 모습이 사육사처럼 느껴질 때가 있다. 마치 당근과 채찍으로 동물들을 훈련하듯 말이다. 굳이 예를 들자면 아이들이 공부를 열심히 할 수 있도록 최대한 지원해주는 부분이라든지, 공부를 잘했을 때, 때때로 보상해주거나, 공부를 게을리했을 때, 혼내는 부분들이 그렇게 느껴진다고 해야 할까? 그것은 아마도 '대학'이라는 커다란 관문 앞에서 행해지는 모든 일들이 비정상적으로 돌아가는 사회적 시스템을 향하고 있기 때문이 아닐까 싶다. 그래서 아이들은 공부에 점점 지쳐가고, 부모들 역시 그런 자식들을 향한 뒷바라지에 등이 휘고, 빈껍데기만 남은 느낌? 결국 우리 사회 이곳저곳에서 볼멘소리만 넘쳐날 뿐이다.

솔직히 아이들 교육 문제에 있어서 심각한 상황이다. 예전 '개천에서 용 난다.'라는 말은 이제 있을 수 없는 얘기다. 한마디로 빈부의 격차가 교육의 격차를 결정짓는다고 해도 과언이 아니다. 물론 예외는 있을 수 있다. 공부의 양질에 상관없이 공부를 잘하는 타고난 운명의 소유자들. 하지만 그런 사람들이 과연 전체의 몇 %나 될까? 요즘엔 각 과목 전문 학원들, 인터넷 강의, 과외 등등 사교육으로 넘쳐나는 세상이다. 다만, 거액의 돈을 지불해야만 혜택을 받을 수 있기 때문에 상대적으로 박탈감을 느끼는 사람들도 적지 않으리라 생각한다. 그래서 아이를 키우는 부모들은 허리띠를 꽉꽉 졸라매면서까지 아이들 사교육을 포기 못 하는 것이다.

나도 그런 엄마 중의 한 사람이다. 아이들 교육비를 가장 중심에 두고 있다. 군이 억지로 학원을 보내지는 않지만, 아이들이 원하면 가능한 한 들어주려고 노력한다. 따라서 교육비에서 과다 지출이 될 경우, 다른 비용을 최대한 줄여서 매달 생활비를 조정하곤 한다. 어떤 때는 가장 만만한 식비를 줄여야 할 때도 있는데, 솔직히 비참하다. 그 모든 일들이 어떻게 보면 다 먹고살려고 하는 것인데 말이다. 나는 고등학생 자녀 둘을 키우고 있다. 그런데 지금의 현실, 즉 숨만 쉬어도 돈이 술술 빠져나가는 현실 속에서 자녀 둘을 키워낸다는 것은 어찌 보면 모험이라는 생각도 든다. 그 정도로 아이들 사교육비는 매달 생활비에서 가장 많은 부분을 차지하고 있다.

　　그런데 그런 사교육비가 바람처럼 허무하게 사라지는 경우도 생긴다. 매달 선지불하는 학원비는 회수가 아닌 달로 계산이 되기 때문에 설령, 그날 수업에 참여하지 못해도 일부 수업료를 돌려받지 못한다. 급기야는 그달에 일이 좀 많이 생겨서 수업에 거의 참여하지 못해도 그렇다. 솔직히 식비까지 아껴가며 아이들 학원비에 우선순위를 두는 부모 입장에서는 이 같은 상황에서 속이 새까맣게 타들어 갈 수밖에 없다. 마치 밑 빠진 독인 줄 알면서 계속 물을 붓는 심정이라고 해야 할까? 허탈하고, 지치고, 화가 난다.

나 같은 경우도 아이들과 학원 문제로 실랑이를 벌이다가 결국 학원을 빼준 경우가 많이 있었는데, 지금까지 그렇게 해서 바람처럼 사라진 돈도 상당하리라 생각한다.

그렇다고 다니고 있는 학원을 일방적으로 끊을 수도 없다. 왜냐하면 아이 입장에서는 학원에 안 다니겠다는 것이 아니라 그냥 하루 빼 달라는 것이고, 또 엄마인 나의 입장에서는 학원에 안 다니면 아예 공부와 담을 쌓을까 봐 불안한 마음이 있기 때문이다. 한편으로는 공부에 대한 의지가 없다면 차라리 학원에 안 다녔으면 하는 마음도 있다. 적어도 아무런 의미 없이, 바람처럼 '획' 하고 사라지는 돈은 없을 테니까. 부모는 열심히 일해서 번 돈을 아이들의 밝은 미래를 위해 잘 사용하고 싶지만, 공부에 지쳐가는 아이들은 그런 부모의 마음을 헤아리기 쉽지 않다.

요즘도 난 아이가 학원에 가기 전, 매번 눈치를 보느라 가슴이 조마조마하다. 혹시라도 몸 컨디션이 좋지 않다든지, 가기 싫다든지, 급한 일이 생겨서 학원에 빠진다고 하면 또 바람처럼 사라질 학원비 때문에 화가 부글부글 끓어오를 테니까. 그래도 뭐 별수 있겠는가! 아이들은 애써 돈을 벌어본 경험이 없으니 그 돈의 가치를 전혀 모를 수밖에.

돈에 관해 자식을 교육시키는 가장 손쉬운 방법은
그 부모가 돈이 없는 것이다.
···
캐서린 화이트혼

아들아, 100가지 문제 중에서 99가지 문제의 답은 돈이란다.
···
말콤 포브스

어떤 사람들은 돈을 벌고 어떤 사람들은 변명만 한다.
둘 다 하는 사람은 없다.
···
덱스터 예거

돈, 세상에서 돈보다 더 사람의 사기를 꺾는 것은 없다.
···
소포클레스

뜨거운 김에 감춰진 눈물

:

"○○아, 엄마가 너를 애타게 찾는다."

이른 아침, 언니로부터 전화가 걸려 왔다. 언니와 함께 살고 있던 엄마가 마루에 걸터앉아 "○○이가 꼭 올 거야."라고 하면서 나를 애타게 기다린다는 것이었다. 그 당시 엄마는 거동조차 힘들 정도로 건강이 무척이나 악화된 상태였고, 그로 인해 스스로의 힘으로 할 수 있는 게 아무것도 없었다. 무엇이 그리도 싫었을까? 주삿바늘이 그리도 무서웠을까? 아니면 의사들을 믿지 못했던 것일까? 병원 가기를 극도로 싫어했던 엄마였기에 결국 우리 자매는 그런 엄마의 뜻을 그대로 따라주기로 했다. 하지만 엄마의 몸은 하루가 다르게 야위어갔고, 먹는 것조차 힘에 부칠 정도로 힘들어했다. 난 그런 엄마가 무척이나 원망스러웠지만, 몸이라도 깨끗하게 씻겨드리고 싶은 마음에 틈날 때마다 언니 집으로 향하곤 했다.

그런데 언니로부터 전화가 걸려 온 그날은 엄마가 유독 샤워를 하고 싶었던 모양이었다. 난 전화를 끊고 부랴부랴 언니 집으로 향했다. 사실 엄마는 자식에게 집착하는 성격이 못됐다. 그동안 살아오면서 딱히 무엇을 하라고 강요한 적도 없었고, 무엇을 해 달라고 요구한 적도 없었다. 그래서 난 애타게 날 찾는다는 엄마의 말에 가슴이 무너져 내렸고, 그 즉시 언니 집으로 달려갈 수밖에 없었다. 아니나 다를까 내가 도착할 때쯤에도 엄마는 여전히 마루에 걸터앉아 멍하니 나를 기다리고 있었다. 엄마는 눈도 잘 보이지 않았기에 내가 가까이 가서 "엄마, 나 왔어."라고 말한 뒤에야 비로소 미안한 듯 엷은 미소를 지어 보였다.

이후 우리 자매는 엄마를 겨우겨우 부축해서 화장실로 모시고 갔다. 이미 화장실 안에는 언니가 미리 준비해 둔 나무 의자가 있었고, 행여나 엉덩이가 배길세라 푹신한 수건을 깔아놓았다. 그런 다음 그곳에 엄마를 편안히 앉힌 뒤 샴푸, 비누, 때수건, 칫솔 등의 세면도구를 엄마의 손이 닿는 곳에 가져다 놓았다. 그러고는 화장실 문을 닫았다. 이제 엄마와 나, 둘 뿐이었다. 그렇게 난 엄마의 몸 이곳저곳에 빈틈없이 비누칠을 했고, 그다음은 엄마 스스로가 때수건으로 문지르기 시작했다. 난 그런 엄마의 모습을 바라보면서 이런저런 엄마와의 추억을 상기시켰다.

나 어릴 적 엄마는 깨끗함을 유난히 강조하셨다. 우리 삼 형제가 밖에 나가서 지저분한 채 들어오면 그 즉시 수돗가에 가서 깨끗하게 씻긴 후, 까슬까슬하게 기분 좋은 옷으로 갈아입혀 주시곤 했다. 그리고 집 안도 늘 깨끗하게 정리가 되어 있어서인지 '집'이라는 공간은 늘 나에게 편안함과 따뜻함, 휴식으로 다가왔다. 그렇게 깨끗함을 좋아했던 엄마였는데, 그 깨끗함만으로도 삶에 감사할 줄 아는 그런 순수한 엄마였는데, 이제 더 이상 그 깨끗함의 호사도 누릴 수 없게 된 것이다. 분명, 더럽고 지저분한 것들이 느껴졌을 텐데……. 스스로 어떻게 할 수 없었던 당신의 처지가 어떠했을까 싶다. 그런 엄마의 마음을 충분히 이해할 수 있었기에 난 최선을 다해 엄마를 씻겨드렸다.

마치 앙상한 나뭇가지를 보는 듯 엄마의 몸은 무척 야위어 있었고, 푸석푸석했다. 난 가뜩이나 건조한 피부에 수분을 빼앗길까 싶어 바디워시를 권해보았지만, 엄마는 굳이 세숫비누로 칠해

●◖◖ 기억의 온도가 전하는 삶의 철학

달라고 했다. 그러고는 거칠거칠한 때수건으로 몸을 박박 문지르기 시작했다. 마치 앙상한 나뭇가지를 사포로 문지르는 것처럼 위태로워 보였지만 늘 해오던 엄마만의 방식이었기에 그냥 조용히 지켜볼 수밖에 없었다. 다만, 엄마의 손이 닿지 않는 곳, 그러니까 몸을 가누기 힘든 하반신 부분은 나의 몫이었다. 특히 하반신에서도 손에서 가장 멀리 떨어져 있는 발은 엄마가 감히 엄두도 낼 수 없는 부분이었기에 최대한 빠짐없이 골고루 나의 손길을 전하곤 했다. 참 마음이 아팠던 것은 앙상한 나뭇가지 같았던 엄마의 몸에서 유독 발만 퉁퉁 부어 있었다는 사실이다.

따라서 발가락 사이사이에 빈틈이 없다 보니 때를 벗기는 것조차 몹시 번거로웠고, 발뒤꿈치는 갈라져 있어서 비눗물이 닿으면 몹시 쓰라려했다. 또한 발톱들은 영양분이 부족해서인지 들떠 있었고 무좀 증상도 있었다. 하지만 엄마는 약조차도 거부한 탓에 옆에서 지켜보는 가족들은 속이 새까맣게 타들어 갔다. 그렇다고 엄마가 아프다며 하소연을 하거나 짜증을 부린 적은 단 한 번도 없었다. 다만, 가누기조차 힘든 당신의 몸을 깨끗하게 씻겨주는 나를 향해 미안한 마음을 내비치곤 했다. 정말이지 억장이 무너질 일이었다. 그동안 우리 자식들을 깨끗하게 씻겨주고, 먹여주고, 이렇게 바르게 잘 키워줬는데, 정작 당신은 받는 것에 익숙해 있지 않아서인지 매번 "고맙구나.", "미안하구나."라는 말이 입에서 툭툭 튀어나왔다.

그렇게 엄마는 비록 몸은 아팠지만, 목욕을 하고 나면 기분이 한결 좋아져서인지 환하게 미소 지으며 고맙다는 말을 자주 하곤 했다. 그런 모습을 바라보는 나 역시 아픈 엄마를 위해 무언가를 해드릴 수 있다는 생각에 뿌듯함이 느껴졌다.

그러던 어느 날, 무척이나 덥게 느껴지던 6월 말쯤이었다. 그날도 어김없이 난 엄마를 씻겨드리기 위해 언니 집으로 향했다. 그런데 침대에 누워있던 엄마는 핏기 없는 표정으로 굳이 씻고 싶지 않다고 했다. 이유를 물어보니 몸이 너무 힘들다는 것이었다. 그래도 난 엄마가 조금이라도 개운함을 느꼈으면 싶어서 아예 휠체어에 태운 채 화장실로 향했다. 그리고 늘 그래 왔듯 엄마의 몸에 비누칠을 하고, 때수건을 건넸다. 그런데 엄마는 세수하는 것조차 힘에 부쳤는지 대충 씻다가 그다음은 아예 씻을 생각도 하지 않았다. 순간, 눈물이 왈칵 쏟아졌다. 이제는 더 이상 아무것도 할 수 없는 지경까지 이르게 된 것이다. 난 눈물을 삼켜가며 때수건으로 엄마의 몸 이곳저곳을 부드럽게 문지르기 시작했다.

그동안 그나마 꼿꼿하게 앉아 있었던 엄마의 몸은 휘청거리기 시작했고, 이제는 깨끗해지고 싶은 의지마저 체념한 듯했다. 그런 엄마의 모습을 바라보고 있노라니 도저히 숨을 쉴 수가 없었다. 그저 하염없이 눈물만 흘러내렸다. 샤워기에서 뿜어져 나오는 뜨거운 물살은 엄마의 몸을 타고 비누 거품을 말끔히 씻어 내렸고, 그 사이 나의 몸은 땀과 눈물, 콧물이 범벅되어 흘러내렸다. 그 무더웠던 어느 6월 말, 화장실에서는 샤워기에서 뿜어져 나오는 뜨거운 물소리와 그 뜨거운 물에 의한 뿌연 김이 나의 슬픈 흐느낌과 눈물을 삼키고 있었다. 그리고 난 엄마를 향해 아무 일도 없었다는 듯 말을 건넸다.

"엄마, 씻으니까 날아갈 것 같지?"

기억의 온도 / 공감이 가는 그들의 말

자식은 우리에게서 얻어간 만큼 베푼다. 이 과정에서 우리는
더 깊게 느끼고, 질문하고, 상처받으며, 사랑하는 사람이 된다.
. . .
소니아 타잇츠

이별의 아픔 속에서만 사랑의 깊이를 알게 된다.

···

조지 앨리엇

행복은 몸에 좋다. 그러나 마음의 힘을 길러주는 것은 슬픔이다.

···

마르셀 프루스트

눈물이 흐르도록 내버려 두십시오.
또한 눈물이 멈추도록 내버려 두십시오.
가슴 속 가장 깊은 곳에 있는 비통함까지 다 끌어 올리도록,
이 비통함의 끝이 보이도록 그냥 내버려 두십시오.

···

세네카

●《《 기억의 온도가 전하는 삶의 철학

첫 시작에 대한 맑은 열정

:

"요즘 여성 벤처 CEO들이 뜨던데……. 혹시, ○○○ 씨가 그와 관련해서 책 한 번 써 볼 수 있겠어요?"

모 출판사 기획팀에서 근무하다가 프리랜서 선언을 할 때쯤이었다. 원래 그 출판사는 컴퓨터 관련 출판사였는데, 여러모로 좋은 성과를 거둔 탓에 대표는 앞으로 출간할 책들을 컴퓨터 관련에만 국한시키지 않고, 분야를 점차 확대하려는 야심 찬 포부를 내비치고 있었다. 프리랜서를 선언하기 전, 난 기획 1팀에서 근무하고 있었다. 팀 구성원들이 각각 컴퓨터 관련 책을 한 권씩 맡아서 쓰기로 되어 있었는데, 나 역시 고심 끝에 결국 컴퓨터 바이러스 관련 책을 한 권 쓰기에 이르렀다. 다만, 기획에서부터 글쓰기까지 오롯이 혼자 해냈지만, 저자명은 기획 1팀으로 출간이 되어 나왔다. 그리고 이후 난 프리랜서 선언을 했고, 얼마 후 그 출판사 대표로부터 여성 벤처 CEO 관련 책 집필에 대해서 제안을 받게 된 것이다.

사실 지금 생각해 보면 그런 용기가 어디서 나왔을까 싶다. 그 당시 출판사 대표는 나를 향해 다짜고짜 여성 벤처 CEO 관련 책 집필에 대해서 툭 내뱉었고, 난 앞뒤 가리지 않고 곧바로 한번 써보겠다고 열의를 내비친 것이다. 아마도 그것은 순수하고 맑은 열정에서 비롯된 무모한 용기가 아니었을까 싶다. 그 당시만 해도 내 이름 석 자를 걸고 떳떳하게 책을 내고 싶은 마음이 가슴 한 구석에서 용솟음치던, 작가로서의 첫 시작이었으니까 말이다. 이후로 나의 머릿속에는 온통 여성 벤처 CEO밖에 없었다. '어떤 식으로 써야 할까?', '독자들에게 여성 벤처 CEO에 관해서 어떤 식으로 접근하면 좋을까?' 한동안 고민을 하다가 무작정 여성 벤처 CEO 협회를 찾아가기로 했다.

그날은 마침 협회에서 주관하는 세미나가 열리는 날이었다. 말 그대로 여성 CEO이다 보니 남성은 한 명도 보이지 않았고, 여성들만 꽤 많은 인원이 모여 있었다. 그리고 곧 개회사가 시작되

● ● ● ●(기억의 온도가 전하는 삶의 철학

면서 이후 몇몇 여성 CEO들이 멋진 강연을 펼치기 시작했다. 현재 무슨 사업을 하고 있는지, 여성 CEO로서 애로사항은 무엇인지, 앞으로의 계획은 어떤 건지 등등 나름 철저하게 준비해 온 자료들을 토대로 자신의 의견을 분명하게 피력했다. 그렇게 모든 절차가 끝이 나고, 주위가 어수선해질 때쯤, 난 용기를 내어 큰 소리로 외쳤다. "안녕하세요? 저는 여성 벤처 CEO 관련 책을 쓰고자 하는 ○○○입니다. 여러분들의 소중한 얘기를 듣고자 이곳까지 찾아오게 되었습니다. 혹시라도 자신의 얘기를 전하고 싶은 분들은 저에게 말씀해 주세요."라고.

그리고 이내 얼굴이 확 달아올랐다. 주위가 쥐 죽은 듯 너무 조용했다. 왠지 바보가 된 느낌이었다. 그렇게 한동안 정적이 흐르고……. 이어 한 사람씩 손을 들기 시작했다. 순간, 안도의 한숨이 쉬어지면서 뭔가 길이 열리는 듯 보였고, 그렇게 14명의 여성 벤처 CEO와 인연이 닿았다. 이후 난 그녀들의 삶을 어떤 식으로 조명할지 철저하게 계획을 세운 뒤 한 사람씩 취재를 하러 나섰다. 사실 그 당시만 해도 여성들의 사회적 진출이 지금처럼 활발한 편도 아니었고, 특히 여성 CEO는 무척 낯설게 느껴지던 시대였다. 그래서 그런 그녀들의 삶이 더욱더 궁금했고, 또한 여성으로서, 사회인으로서 내가 배워야 할 점도 많이 있을 것 같다는 생각에 취재하러 가는 길이 무척이나 설레었던 기억이 난다.

더 놀라웠던 것은 14명의 여성 벤처 CEO 가운데 20대도 있었다는 사실이다. 그녀는 잘 다니고 있던 대기업을 박차고 나와 IT 벤처 사업을 이끌고 있었는데, 그야말로 모험심이 대단했다. 그당시만 해도 여자는 조신해야 하고, 모르는 사람에게 대꾸도 하면 안 되고, 시집이나 잘 가면 된다는 인식이 자리 잡고 있어서인지 사업가로서의 여성은 색안경을 끼고 바라보는 그런 시대였다. 그런데 그녀는 우리나라의 이 같은 사회적 통념을 과감히 깨부수고 편안함보다는 모험을 선택했다. 그러니까 한 번 사는 인생, 하고 싶은 것 하면서 멋있게 살자는 주의였다. 지금 생각해 보면, 까마득한 20년의 세월을 거슬러 올라간 그 당시로서는 무척이나 획기적인 발상이었던 것이다.

"사업을 시작한 것에 대해서요? 아뇨. 전혀 후회하지 않아요. 설령 좌절의 시기가 온다 해도 그 무엇과도 바꿀 수 없는 경험이라는 큰 재산이 있잖아요. 아직 젊기 때문에 언제든지 다시 시작할 수 있고, 또 이때가 아니면 언제 해보겠어요?"

그리고 또 한 명의 여성 벤처 CEO가 생각난다. 늘 한결같은

기억의 온도가 전하는 삶의 철학

가격으로 품위를 유지해온 모 화장품 개발 업체의 대표였다. 지금도 길거리에 나가면 60~80% 세일을 하는 화장품들을 많이 볼 수 있다. 그런데 그녀는 소비자들의 심리를 분석, 마케팅에 적용함으로써 싸구려 화장품으로 전락하는 것을 미리 막아낼 수 있었다. 그것은 바로 희소성과 개인별 맞춤이었다. 예를 들어 희소성에 있어서는 자신의 제품이 아무 곳에서나 흐르지 않도록 철저하게 관리를 해나갔고, 개인별 맞춤에 있어서는 고객 한 사람 한 사람의 취향을 제품에 반영하는 식으로 개발을 유도해 나갔다. 그러다 보니 브랜드 이미지가 당연히 고급스러움과 신비스러움으로 남게 되었고, 그로 인해 굳이 세일을 할 필요가 없게 된 것이다.

"제가 사업을 하리라고는 정말 꿈에도 생각하지 못했어요. 어느 정도냐면 이 화장품 매장을 열면서부터 가끔 친구들을 만날 경우가 있었는데, 그때마다 다들 하나같이 "어? 네가 사업을 해?" 하고 말할 정도로 학창 시절 때 공부만 하는 그런 학생이었어요."

그렇게 그녀들의 삶을 하나하나 엿보면서 왠지 뒤통수를 얻어맞은 듯 멍했다. 그녀들은 하나같이 깨어있었고, 도전을 두려워하지 않았고, 여성이라는 틀에 스스로를 가두지 않았다. 그리고 사업이라는 것, 그 첫 시작에 대한 맑은 열정이 취재를 하는 내내 좋은 에너지로 나에게 고스란히 흘러들어왔다. 그래서였을까? 나역시 두 번째 책이긴 하지만 그래도 내 이름을 걸고 쓰는 책은 처음이어서인지 그 어느 때보다도 열정이 대단했었다는 생각이 든다. 마찬가지로 누구에게든 첫 시작은 순수하고, 설레고, 열정적이고, 희망차다. 학교에 처음 입학하는 1학년 학생이 그렇고, 학교에 처음 부임하는 선생님이 그렇고, 회사에 처음 입사하는 신입사원이 그렇고, 첫 아이를 낳은 부모가 그렇다.

궁금하다. 그 당시 14명의 여성 벤처 CEO들은 지금 어떻게 지내고 있을까? 20년이 훌쩍 넘은 세월 동안 그 첫 시작에 대한 순수하고 맑은 열정이 아직도 남아있을까? 난 가끔 그런 열정에서 오는 설렘이 그리워질 때가 있다. 지금도 여전히 글은 쓰고 있지만 그 당시 한 자 한 자 써 내려가면서 느꼈던 순수하고 맑은 열정은 느껴지지 않는다. 다만. 세월의 흐름 속에서 익숙함만 남아있을 뿐이다.

기억의 온도가 전하는 삶의 철학

세상에서 유일한 기쁨은 새롭게 시작하는 것이다.
* * *
체사레 파베세

모든 것은 항상 시작이 가장 좋다.
* * *
파스칼

인생길을 비추는 두 개의 등불이 있다.
하나는 내가 가야 할 목적지에서 비추고
하나는 내가 시작한 첫 마음에서 빛난다.
* * *
박노해

꿈을 품고 뭔가 할 수 있다면 그것을 시작하라.
새로운 일을 시작하는 용기 속에
당신의 천재성과 능력과 기적이 모두 숨어 있다.
* * *
괴테

영혼을 불사른 알람과 효자손 그리고 밥

:

"부모 중에서도 엄마는 자식들에게 100% 순수한 희생이야."

언젠가 TV에서 수능 시험에 합격한 어느 남학생의 인터뷰하
는 모습이 잠깐 스쳐 지나갔던 적이 있었다. 기자가 그 남학생에
게 엄마를 향해 소감 한마디 부탁한다고 마이크를 들이대자 대
뜸 카메라를 향해 "엄마, 고맙습니다. 사랑합니다."라며 큰절을 올
리는 모습이 보였다. 그 당시만 해도 난 아직 아이들이 어렸기 때
문에 그 남학생의 행동이 좀 과하다는 생각도 들었지만……. 지
금 생각해 보면, 그 남학생의 엄마가 그동안 어느 정도의 뒷바라
지를 해줬기에 저런 행동이 그냥 서슴없이 나올 수 있을까 짐작도
간다. 공중파 카메라 앞에서 자칫 장난스러운 행동으로 보일 수도

있었지만, 그것은 자신에게 희생한 엄마, 그런 엄마를 향한 진정한 마음이 고스란히 녹아든 모습이 아니었을까 싶다.

난 지금 고1, 고3을 키우는 엄마다. 현재 고3인 첫째 딸아이는 생활기록부 전형, 즉 생활기록부를 통한 대학 지원을 준비하고 있다. 생활기록부에 있어서 가장 중요한 부분을 차지하는 등급 관련 수시는 이미 끝이 났고, 지금은 최저 점수를 맞추기 위한 수능 준비에 돌입해야 하는 상황이다. 정말이지 힘든 여정이었다. 고등학교 입학을 시작으로 총 10번의 내신을 치르는 과정에서 아이는 물론이고, 함께 사는 가족 역시 그 중압감이 만만치 않았다. 내신은 한마디로 대학을 결정짓는 등급 시험이나 다름없기 때문에 그 치열함은 가히 상상을 초월할 정도다. 참으로 어처구니없는 것은 한번 매겨진 등급은 쉽게 바뀌지 않는다는 사실이다. 그만큼 치열한 경쟁 속에서 등급을 올린다는 것 자체가 하늘의 별 따기인 셈이다.

"정말 놀라웠던 것은 아이가 고등학교에 가서 첫 시험을 봤는데…… 이후로도 대부분의 학생들이 그때 등급을 그대로 유지하고 있었다는 거예요. 정말 무섭더라고요."

이러한 교육 현실 속에서 첫째 딸아이 같은 경우, 초반에는 고등학생이 맞나 싶을 정도로 무척이나 여유 있는 모습이었다. 부모 입장에서는 당연히 걱정과 불안이 뒤엉킬 수밖에 없었고, 시간이 흐를수록 아이를 향한 불신도 점점 커져만 갔다. 그렇다고 딱히 잔소리를 할 수 있는 처지도 못 됐다. 특히 대입을 앞둔 아이에게 심리적 압박감을 더욱 가중시킬 수도 있고, 그로 인해 공부할 의욕을 아예 상실해 버릴 수도 있기 때문이다. 나나 남편이나 그냥 조용히 지켜볼 수밖에 없었다. 아이 스스로도 마라톤의 첫 시작 단계처럼 지치지 않게 자신의 페이스를 유지해 나가길 원했고, 그렇게 거의 3년의 세월이 흘러 지금은 결승점을 바로 코앞에 둔, 고3 후반부에 접어들었다.

예전엔 흔히들 '아이는 낳아만 놓으면 저절로 자란다.'라고 얘기하곤 했는데, 현세대를 살고 있는 두 아이의 엄마로서 이 말에는 전혀 공감할 수 없음을 피력하고 싶다. 물론 방목 형 육아나 아예 따로 살 경우, 아이들 뒤치다꺼리에서 벗어날 수는 있겠지만 그게 어디 가능한 일이겠는가! 솔직히 공부는 아이의 몫이라고 해도 그에 따른 온갖 뒷받침들은 오롯이 부모의 몫이라고 할 수 있다. 특히 거의 천문학적 수준인 사교육비. 그리고 공부에 따른 부수적인 비용들, 즉 스터디 카페, 밥값, 그 밖의 잡비 등이 있을 수 있겠고, 용돈, 의류, 미용, 잡화 등등 부수적으로 들어가는 비용 또한 만만치 않은 게 사실이다. 그러다 보니 우리 집 가정 경제를 책임지고 있는 남편으로서는 자신이 돈 벌어오는 기계처럼 느껴질 수밖에 없었을 것이다.

"아이의 공부 실력에 비해 사교육비가 너무 많이 들어가니까 차라리 그 돈을 모아두었다가 훗날 중장비 기계를 사주는 게 나을 듯싶어요. 기계만 다룰 줄 알면 매달 고액의 수입을 보장받는다고 하더라고요. 물론 스스로가 원해야겠죠."

나 또한 엄마로서 아이들의 온갖 뒤치다꺼리를 하다 보면 어느 순간 '나는 누구인가?'라는 철학적 질문에 사로잡히곤 한다. 물론 아이들이 그런 나의 마음을 조금이라도 알아준다면 그나마 좀 위로가 되겠지만, 문제는 엄마라는 이유만으로 당연시되어 버린다. 솔직히 너무 지친다. 해도 해도 끝이 없는 자식들 뒷바라지……. 그래도 엄마이기에 자식들을 위한 일이라면 영혼을 불사를 수밖에 없다. 그중 몇 가지 일들은 꽤 오랜 시간 동안 꾸준히 이어져 왔고, 앞으로도 계속해서 이어질 거로 생각한다. 다만, 엄마라서 당연시되어버린 그러한 일들이 언젠가는 자식들을 향한 애틋한 사랑으로 기억됐으면 싶다.

아마도 중고등학생들을 키우는 엄마들은 다 알 것이다. 그 시기, 아이들의 잠이 얼마나 무서운지를. 아무리 큰소리로 깨워 본들 일어날 기척조차 없다. 아무리 여러 번 반복해서 깨워도 전혀 꿈쩍하지 않는다. 나에게 있어서 아이들 잠 깨우기는 첫째 딸아이도 그랬고, 둘째 녀석 역시 심각할 정도로 힘겨웠다. 그나마 중학교 때는 등교 시간이라든지 학습 중요도에 있어서 다소 여유가 있었지만, 고등학교 때는 달랐다. 그 무엇이든 시간을 정확하게 지키지 않으면 여러모로 불이익을 당할 수밖에 없는 구조이기 때문에 엄마로서는 소위, 알람과 효자손에 뜨거운 영혼을 불사를 수밖에 없다. 만약, 아이들 잠 깨우기에 실패하게 되면 그 피해는 고스란히 아이들의 몫이 되고, 결국 그 모든 책임이 만만한 엄마에게로 향할 수 있기 때문에 예나 지금이나 아이들 잠 깨우기는 무척이나 부담스러운 뒤치다꺼리 중에 하나다.

예를 들어 깨우는 과정에서 온갖 신경질을 다 받아내야 하고, 또 어떤 때는 깨우지 않아도 된다며 협박 아닌 협박을 당할 때도 있는데……. 결국 그 협박은 잠꼬대! 이후 엄청난 후폭풍을 감당해야 할 때도 있다. 한마디로 깨워주고도 욕을 얻어먹는 비참한 신세가 되는 것이다. 그래서 난 아이들을 깨울 때, 충분한 시간을 두고, 기분 좋게 긁어주면서 깨운다. 물론, 그렇다고 해서 순순

기억의 온도가 전하는 삶의 철학

히 일어나는 것은 아니다. 일어나기 싫은 마음에 온갖 인상을 쓰며 일어나기도 하고, 또 어떤 때는 조금만 더 자겠다며 다시 자는 경우도 생긴다. 힘들게 깨웠건만 다시 원점이다. 아침 시간은 그야말로 전쟁이다. 그 누가 자식은 낳아만 놓으면 저절로 자란다고 했던가! 사실상 자식들을 향한 엄마들의 뒤치다꺼리는 엄마이기에 당연히 할 수밖에 없는 운명적 희생이다.

"오늘 점심은 간단히 비빔밥이나 먹을까?"

간단히 비빔밥? 과연 비빔밥이 간단한 음식일까? 물론 갖가지 나물류가 이미 준비되어 있다면 대충 이것저것 집어넣어 비비기만 하면 그만이다. 하지만 나물을 새로 무쳐야 한다면? 갖가지 나물류를 사서 다듬고, 씻고, 삶거나, 데친 다음 갖가지 양념을 넣어 볶거나 무쳐야 비로소 제대로 된 나물 반찬이 탄생한다. 이렇듯 음식 하나에도 시간과 정성이 많이 들어가는데, 공부에 지친 아이들 입맛을 맞추기 위해 매일같이 밥을 준비해야 하는 엄마들의 심정은 과연 어떨는지……. 문득, 그런 생각이 든다. 자식들을 위해 매일같이 잠을 깨워주고, 닦아주고, 밥을 해주는 것은 엄마이기 때문에 가능할 수 있는 희생이라고. 다만, 부모라는 원죄를 받아들임으로써 그러한 희생이 100% 순수해질 수 있는 것이라고.

여자는 약하나 어머니는 강하다.

...

셰익스피어

내가 성공을 했다면 오직 천사와 같은 어머니의 덕이다.

...

에이브러햄 링컨

어머니의 사랑은 평화이다.

그것은 어떠한 노력이나 자격을 요구하지 않는다.

...

에릭 프롬

어머니는 자식밖에 모르는 위대한 바보다.

...

최길호

온 세상이 자식을 버려도 어머니는 자식에게 온 세상이 된다.

...

어빙

때때로 어머니의 힘은 자연의 법칙보다 더 위대하다.

...

바버라 킹솔버

어머니가 된다는 것에는 모든 사랑의 시작과 끝이 담겨 있다.

...

로버트 브라우닝

chapter 03

싸늘했던 기억들
(내 삶의 깊이)

게임 중독이 물들인 삭막한 가정

·
·
·

'알코올 중독, 약물 중독, 마약 중독, 도박 중독, 니코틴 중독, 명품 중독, 쇼핑 중독, 스마트폰 중독, 인터넷 중독, 그리고⋯⋯.'

하루하루가 지옥이었다. 진한 어둠을 찢고 들려오는 그 잔인한 소리는 우리 가정을 점점 더 삭막하고 싸늘하게 물들여갔다. 매일같이 게임의 늪에서 허우적대던 아들 녀석은 더 이상 헤어 나오지 못할 정도로 깊게, 더 깊게 빠져들어 갔고, 그 누구의 손길도 거부한 채 자기 삶을 송두리째 내팽개쳐버렸다. 늘 그렇듯, 모든 에너지를 게임으로 다 쏟아낸 아이는 아침이 오는 것을 무척이나 두려워했다. 그도 그럴 것이 밤새 피곤으로 찌든 몸을 겨우겨우 일으켜 세워 학교 갈 채비를 하지만 이미 바닥난 체력은 일그러진 표정에서 그대로 드러나곤 했다. 난 행여나 그 표정을 조종하는 심기를 건드릴까 싶어 여기저기 왔다 갔다 하면서 분주한 척했다.

그렇게 아이는 즐거운 게임의 대가로 얻은 저질 체력을 질질 끌며 문 앞을 나서는 게 일상이었다. 물론 그렇게 군말 없이 학교에 가주기라도 하면 천만다행이겠지만 문제는 학교 가기 전, 엄마 탓으로 돌릴만한 일이 떡 버티고 있을 때였다. 예를 들어 미리 준비물을 못 챙겼다든지, 옷이 맘에 안 든다든지, 양말에 구멍이 났다든지, 머리 스타일이 맘에 안 든다든지, 배가 아프다든지, 숙제를 못 했을 경우, 아이의 마음속에 켜켜이 쌓여온 부정적인 감정의 파편들이 나를 향해 거침없이 날아들곤 했다. 왜냐하면 난 엄마니까.

게임에도 진화론이 있었다. 줄곧 혼자서 게임을 하다가 어느 순간 두 명, 세 명 이후로는 몇 명이 참여하는지도 모를 정도로 다수의 친구들, 심지어는 얼굴도 모르는 아이들과 그룹 게임을 하는 단계로까지 발전되어 나갔다. 게다가 초창기엔 할 일을 다 한 다음 남은 시간을 이용해 스트레스 해소용으로 게임을 했다면, 이후로는 종일 게임을 하다가 스트레스 해소용으로 누워서 유튜브를 보았다. 솔직히 그런 아이의 모습을 누가 맨정신으로 바라볼 수 있겠는가! 아마 도 닦은 스님도 고개를 절레절레 흔들지 않을까 싶다. 그런데 엄마의 입장이다 보니 가정을 지키기 위해서라도 그냥 지켜볼 수밖에 없었다. 물론 처음부터 그런 것은 아니었다. 나도 여느 엄마들처럼 고래고래 소리도 지르고, 쉴 새 없이 잔소리도 퍼붓는 그런 엄마였다. 하지만 그 시기, 급격하게 커지는 아이의 덩치도 그렇고, 특히 사춘기라서 말 한마디 까딱 잘못했다가는 그야말로 집안이 초토화될 수 있기에 조심스레 아이의 방문을 열면서 "이제 게임 좀 적당히 해야지."라는 영혼 없는 잔소리를 하곤 했다.

사실 난 게임의 세계가 너무 무서웠다. 아이의 어깨 너머로 보이는 컴퓨터 화면에는 금방이라도 빨려들 것 같은 생생한 그래픽과 판타스틱한 배경이 그 누구라도 한번 빠지면 헤어 나오지 못할 것 같은 어두운 늪 같았다. 아이는 마치 자신이 그 화면 속의 주인공이 된 것처럼 희열을 느끼며 점점 더 난폭해져 갔다. 사실 그때만큼이나 자유롭고, 신중하고, 행복해 보이던 아이의 표정도 없었다. 아들 녀석은 게임을 하면서 감정이 극에서 극으로 변화되곤 했는데……. 때론 감탄사를 연발하면서 흥분된 마음을 주체할 수 없는가 하면 때론 친구들과 서로 욕을 퍼부으면서 네가 잘못해서 게임을 졌다는 둥 서로의 탓으로 돌리기 일쑤였다. 솔직히 엄마로서는 매일같이 뭐 하는 짓들인지 도저히 이해할 수가 없었다.

그렇게 약 3년 동안 아이의 머릿속은 온통 게임의 세계로 뒤덮여 있었고, 무슨 얘기만 하면 다 게임과 관련된 얘기들로 접근하곤 했다.

"난 인성이 바른 사람이 제일 좋더라."
"당연하지. 아무리 좋은 대학을 나와도 인성이 바르지 않으면 그게 다 무슨 소용이 있겠어."
"그건 아니에요. 예를 들어 게임을 할 때도 성격은 정말 착한데, 게임을 못 하는 아이들을 보면 정말 속 터진다고요."
"얘는 또 그 얘기를 게임과 연결시키네."

그 당시 아이는 효자였다. 갑자기 무슨 귀신 씻나락 까먹는 소리냐고? 게임에 푹 빠져 있다 보니 그나마 다니던 수학, 영어 학원을 모두 뺄 수밖에 없었고, 그로 인해 경제적으로 숨통이 조금 트였다고 할까? 아이 누나가 특목고에 다니다 보니 돈이 거의 천문학적으로 들어간다. 학교 분기별 수업료, 셔틀 버스비, 급식비, 교과서 대금, 기타 등등. 게다가 사교육비까지. 그나마 다행인지는 잘 모르겠지만 둘째 아이에게 들어갈 돈이 고스란히 누나에게 들어가다 보니 매달 교육비로 씨름해야 할 부모에겐 나름 효도를 한 셈이었다. 솔직히 그런 상황에서 웃어야 할지 울어야 할지 무척 난감하기도 했다. 왜냐하면 누나를 향한 동생의 희생이 결코 명예롭지 않았기 때문이다. 정작 자신은 학원에 가야 하는 압박감에서 벗어나다 보니 오히려 얼굴빛은 환하게 빛이 났다.

아마도 이쯤 해서 그래도 부모인데, 아이의 무분별한 게임 문제에 너무 너그러웠던 게 아닌가 하는 의구심이 생길 수도 있겠다 싶다. 그런데 사실 그렇게 된 것은 거의 바닥까지 가봤기에 가능한 일이었다. 아들 녀석을 마치 옆집 아들 보듯 대하는, 이른바 내공이 쌓이기 전에는 지금의 상황과는 전혀 딴판이었다. 난 어떻게 해서든 게임을 못 하게 하려고 발버둥을 쳤던 열혈 엄마 중의 한 사람이었다. 말로 해서 통제가 안 되면 몸싸움까지도 서슴없이 강행했던 그런 살벌한 엄마였다고 할까! 지금도 아이의 방은 그때의 흔적들이 많이 남아있다. 옷장 문은 양쪽의 문이 틀어져 있고, 벽 한쪽은 딱 주먹만 한 크기로 움푹 패어있으며 방바닥은 여기저기 긁힌 자국들로 가득하다.

한번은 이런 일도 있었다. 매번 아이를 학원에 보낼 때마다 마치 일하기 싫은 소를 억지로 잡아끄는 진땀 빼는 광경들이 펼

처지곤 했는데……. 언젠가 아이가 몸이 너무 아프다며 학원을 빠진 채 방 안에 누워있었다. 그런데 어느새 컴퓨터 앞에 앉아 신나게 게임을 하는 게 아닌가! 순간 그동안 참았던 분노가 솟구쳐 올라 주방에서 젓가락 하나를 빼들고 아이의 방문을 확 열어젖혔다. 그러고는 손에 쥐고 있던 젓가락을 모니터 뒤 벽 쪽을 향해 힘차게 내던졌다. 그런데 이게 웬일인가! 내 의도는 그게 아니었는데……. 그러니까 아이에게 겁만 주려고 했던 것이지 그 비싼 모니터를 부수려고 했던 것은 절대로 아니었다. 내 손아귀에서 빠져나간 젓가락은 처음엔 내가 의도한 방향으로 가줬다. 그런데 어떻게 된 일인지 벽을 맞고 다시 튕겨 나와 모니터를 향해 날아갔던 것이다. 그러고는 눈 깜짝할 사이에 모니터의 심장을 콕하고 찔러버렸다. 이후 난 죄인 아닌 죄인이 되었고, 다시 같은 모델의 새 모니터가 아이의 방문을 노크했다.

너무 힘들었다. 그 당시 난 마이크로 소프트 창시자인 빌 게이츠를 참 많이도 원망했다. 정작 자신의 세 자녀들에게는 스마트폰의 중독성을 철저하게 인식시켰으면서 왜 다른 부모들의 자식들은 더 나은 스마트폰을 사게끔 부추겼을까 싶다. 난 내 아이의 게임 중독, 스마트폰 중독을 미리 막지 못했던 고개 숙인 엄마 중의 한 사람이었다. 물론 지금은 고등학생이 되었고, 그로 인해 게

기억의 온도가 전하는 삶의 철학

임에서 공부 쪽으로 방향을 돌리긴 했지만 불과 수개월 전까지만해도 우리 가정은 무척이나 삭막하고 싸늘한 분위기였다. 솔직히 앞으로도 어떻게 될지는 잘 모르겠다. 다만, 가슴이 없는 차가운 기계에 신물이 나 가슴 따뜻한 가족의 품으로 다시 돌아왔으면 하는 마음뿐이다. 두렵다! 최첨단 시대를 살아가고 있는 지금, 아이들을 키우는 엄마의 한 사람으로서.

기억의 온도 / 공감이 가는 그들의 말

중독은 저 멀리 존재하는 어떤 것이
마음속의 공허를 즉각 채워 줄 것이라는 희망에서 시작된다.

· · ·

장 킬버른

중독과 편집증에 대해 흥미로운 점은
사람들이 유해하고 표면상으로 자신의 평범한 삶을 파괴시키는
의식 변형상태를, 짧은 시간의 안정을 위해 선택하는 것이다.

· · ·

모비

선택하지 않은 성의 허무함

:

늘 화가 나 있었다, 왜 여자만 당하고 살아야 하는지……. 요즘 젊은 아이들에게 있어서 가장 친한 친구라고 할 수 있는 유튜브, 인스타그램, 페이스북 등의 SNS가 딸아이와 만나는 순간, 도대체 무슨 일이 벌어지기에 그 분노는 고스란히 엄마인 나에게 전해지는 것인가? 평소 시사에 관심이 많은 아이는 자신만의 SNS를 통해 다양한 소식들을 접하곤 하는데, 한 번은 무슨 내용을 봤는지 씩씩거리며 내 앞에 와서는 주체할 수 없는 분노를 다 쏟아냈다. 그것도 분이 안 풀리는지 며칠 동안 그 상태가 지속되었다.

"엄마, 정말이지 우리나라에서 못 살겠어요. 도대체 이 나라는 왜 성폭행, 성추행 등에 그토록 너그러운 거예요?"

"또 무슨 일인데, 그래?"

"유료 회원만 입장할 수 있는 'N번방'이라는 채팅방이 있는데, 거기에서 지금 무슨 일들이 벌어지고 있는 줄 아세요?"

"뜬금없이 N번방은 또 뭐야?"

"가해자인 남자들이 피해자인 여자들을 성 착취한 후 관련 사진들을 올리면서 신상 정보들까지 공유하는 채팅방 커뮤니티예요. 피해자 중에는 9살 여자아이는 물론 갓난아기도 있다는데⋯⋯. 아마도 가해자는 최소 몇만에서 최대 몇십만에 이를 수도 있다고 하더라고요. 정말이지 우리나라에서 여자란 남자들의 성 노리개일 뿐, 인권 보장이라곤 전혀 안 되고 있다고요."

"도대체 무슨 얘기를 하는 건지 모르겠구나."

한동안 세상을 온통 떠들썩하게 만들었던 N번방 사건! 물론 지금도 계속 진행 중이긴 하지만 이 사건이 언론에 대대적으로 보도되기 전, 난 이미 딸아이로부터 이 사건에 대해서 귀에 못이 박히도록 들어온 상태였다. 그렇게 각 공중파 언론에 보도되기 1주일 전부터 난 이미 이 사건을 알고 있었다. 솔직히 그 당시만 해도 아이의 이 같은 분노에 오히려 자제하라고 다그쳤고, 이후 내가 아이에게 했던 이러한 행동들이 앞뒤 꽉꽉 막힌 고리타분한 엄마로 낙인찍히지 않았을까 하는 민망함으로 다가왔다.

그 옛날 오프라인 세상이 전부였던 난 언제부터인가 서서히 바뀌어 가는 온라인 세상에 눈을 뜨기 시작했고, 이어 지금은 오프라인 세상과 온라인 세상을 오가며 더 넓은 세상으로 향하고 있다. 그런데 딸아이가 분노한 N번방 사건을 통해 이 넓은 세상 속에 또 다른 깊은 세상이 있다는 것을 깨달았다. 마치 화산 폭발 이전의 땅속 세상을 보듯 어떤 사건이 세상 밖으로 나오기까지 그 안에서 무슨 일들이 벌어지고 있는지 알 수 있으려면 각종 SNS에도 관심을 가져야 할 것 같았다. 물론 어느 한쪽에 치우치지 않으려면 신문, 방송, 각종 SNS에 모두 관심을 갖고 분석할 필요성이 있다.

사실 난 '페미니즘'이라는 용어가 나오기 전, 그러니까 지금으로부터 20여 년 전에도 남녀 평등주의에 편승하고자 부단히 노력했다. 예를 들자면 회사 생활에 있어서는 일의 완벽함을 추구함으로써 남자들과 거의 대등한 위치에 서고자 노력했고, 술자리에 있어서는 화장실에 가서 다 토해내고, 다시 멀쩡하게 앉아 끝까지 자리를 지키는 인내력을 발휘하기도 했다. 게다가 다음 날 아침, 가장 먼저 출근하는, 그야말로 무서운 여자 직원이었다. 물론 프리랜서를 선언하기 전까지만 말이다. 사실 그 이후부터는 차별이란 건 모른 채 프리랜서로서 내가 일한 만큼의 대가만 받으면 그만이었다.

그리고 결혼 이후에는 남녀 차별을 부추기는 유교 사상에 반기를 들고 끊임없이 나의 권리를 찾고자 노력했다. 부인으로서, 며느리로서, 남편 집안의 일원으로서 느껴지는 소외감, 존재감, 부당함 등 나다움을 억누르려는 환경에서 벗어나고자 발버둥을 쳤다. 우선 제사 부분에 있어서 너무 과도한 형식으로 인해 자칫 가정까지 파괴될 수도 있다는 생각에 우리 부부는 서로 합심해서 오랜 세월 동안 투쟁을 해왔다. 그리고 하나하나 줄여나가면서 지금은 형식보다는 의미에 초점을 맞춰 가장 합리적인 방안들을 찾아가는 중이다.

지금은 세상이 많이 변했다. 내 주변을 보더라도 우리네 어머니, 아버지 세대에서부터 변화를 시도하고 있다. 명절 때면 어김없이 시댁을 먼저 가고, 그다음으로 친정을 가곤 했는데, 이제는 반대로 친정을 먼저 가고, 그다음으로 시댁을 가는 가정들이 많이 늘고 있다. 또한 제사 부분에서도 횟수를 줄이고, 그동안 형식적으로 차려왔던 제사 음식보다는 가족들이 모여서 두런두런 이야기하는 데 그 의미를 두고 있다. 심지어는 다들 먹고살기 바쁘니까 명절, 제사 때 군이 오지 말라는 부모들도 있다.

권위적인 아빠와 순종적인 엄마? 요즘 아이들은 그런 부모의 모습에 고개를 절레절레 흔든다. 아마 우리 집 아이들만 보더라도 그런 아빠한테는 말도 섞지 않을 것이고, 또 그런 엄마 역시 한심하다는 표정으로 바라보지 않을까 싶다. 사실 우리 집 부부의 모습은 그냥 친구 같은 모습이다. 어떤 때는 엄마인 내가 남자 같기도 하고, 반대로 아빠인 남편이 여자 같을 때도 있다. 아이들 역시 부모를 대할 때 눈치를 본다거나 하고 싶은 얘기들을 속에 담아두지는 않는다. 한마디로 남들이 보면 위계질서가 전혀 없는 우스꽝스러운 가정 분위기처럼 느껴질 수도 있을 것이다. 어떻게 보면 이러한 가정 분위기는 아이들을 그냥 자유스럽게 키우고 싶은 내 마인드가 반영된 것이기도 하다. 예전 너무 주눅 들어 살던 내 어린 시절을 생각하면서.

게다가 딸아이로 인해 우리 가정 문화가 180도 확 바뀐 부분도 있다. 특히 남녀 차별에 분노를 느끼는 딸아이 때문에 우리 가정은 '하늘 같은 남편'이니, '우리 아들'이니 하는 남성 우월주의 말들은 감히 꺼낼 수조차 없다. 남편, 부인, 딸, 아들, 아빠, 엄마,

누나, 동생……. 모두 다 평등하다. 그래서일까? 그 평등함 속에서 누리는 자유로움 때문인지 다들 집을 너무도 사랑한다. 그래서 가끔 혼자 조용히 있고 싶은 나로서는 오히려 구속이 되기도 한다.

여하튼 '페미니즘'이라고 해서 엄청난 것을 원하는 게 아니다. 우리 사회 곳곳에 만연해 있는 남녀 차별 때문에 소외당하는 여자들에게 평등이라는 희망의 물꼬를 터주고, 여기서부터 남녀가 다시 새롭게 경쟁할 수 있는 건강한 사회를 만들어 가자는 것이다. 남자 대 여자! 과연 삶에 있어서 무슨 의미가 있을까 싶다. 어차피 성이란 게 스스로 선택한 것도 아닐 테고……. 죽으면 다 흙이 되어 자연으로 돌아갈 텐데…….

이 땅 위에서 유일한 평등은 죽음이다.

* * *

필립 제임스 베일리

우리의 생각과 달리 제도로 인간이 평등해질 수는 없습니다.
평등은 신을 사랑하며 인간을 사랑할 때만
가능한 법이기 때문입니다.
그리고 이 사랑은 제도로서가 아니라
영혼을 살찌움으로써 얻어질 수 있는 것입니다.

* * *

톨스토이

흑이 백에게 말했다.
"만일 회색이었더라면 나는 그대에게 너그러움을 보였을 것이다.

* * *

칼릴 지브란

걸리면 죄인이 되는 사람들

⋮

"언니, 나 코로나 양성인데, 언니는 괜찮아요?"

"아이고! 이를 어쩌나……. 난 괜찮아요."

며칠 전, 지인으로부터 전화가 걸려 왔다. 그녀는 목이 쉰 상태에서 몹시 걱정스러운 말투로 자신이 코로나 양성 판정을 받았는데, 난 어떠냐고 물어봤다. 그래서 난 딱히 이상이 없었기 때문에 괜찮다고 얘기해 줬고, 그래도 혹시나 하는 마음에 그날 밤, 집에서 자가 진단 키트로 검사를 해봤다. 물론 음성 반응이 나왔다. 사실 그 지인으로부터 전화가 걸려 오기 3일 전, 그 지인을 포함한 세 명이 ○○백화점을 다녀온 적이 있었다. 그날은 모처럼 미술 작품들도 관람하고, 푸드 코너에서 색다른 음식들도 맛봤다.

그리고 마지막으로 커피 한 잔의 여유도 누리면서 오랜 시간 동안 담소를 나누고 돌아왔다. 그런데 그 사람만 코로나 양성 판정이 나온 것이다.

요즘은 하도 코로나 발생률이 높아서 그냥 감기처럼 일상이 되어버린 듯싶다. 오죽하면 걸려도 그만, 안 걸리면 행운이라고 할 정도다. 그런데 그 지인으로부터 전화가 걸려 온 다음 날, 몸 컨디션이 썩 좋지 않았다. 머리가 묵직하면서 콧물도 나오고, 목도 칼칼했다. 그래도 전날 음성 반응이 나왔기 때문에 대수롭지 않게 생각하고 남편과 열심히 운동을 하고 있었는데, 그 지인으로부터 또 전화가 걸려왔다. 전화기 너머로 들려오는 쉰 목소리는 왠지 미안한 마음과 함께 나의 몸 상태를 걱정하는 눈치였다. 그때 난 당연히 괜찮다고 안심을 시켰고, 이후 운동을 마친 후 천천히 집으로 돌아왔다.

그런데 몸 컨디션이 예사롭지 않았다. 비록 열은 없었지만, 콧물과 목 칼칼함은 여전했고, 목소리도 점점 탁해졌다. 왠지 꺼림칙한 마음에 집에 오자마자 다시 한번 자가 진단 키트로 검사를 했는데, 놀랍게도 양성이었다. 두 줄이 선명하게 그어져 있었다. 혹여, 오판된 게 아닌가 싶어 다시 한번 시도를 해봤지만 역시 두

기억의 온도가 전하는 삶의 철학

줄, 급기야는 병원에서 신속항원검사를 받았는데 역시 양성 판정이 나왔다. 순간, 머릿속이 하얘지면서 가족들에게 먼저 이 사실을 알려야 했다. 그런 다음 ○○백화점에 함께 갔던 지인들에게 단체톡으로 통보를 하려는데, 생각해 보니 양성 판정을 받은 그 지인의 입장이 마음에 걸렸다. 그래서 음성 판정을 받은 지인에게 나의 상황을 얘기한 뒤 혹시라도 양성 판정을 받은 지인과 연락이 닿을 경우, 꼭 비밀로 해달라고 부탁했다.

참으로 난감한 상황들이 꼬리의 꼬리를 물고 발생했다. 코로나 시대에 폭발적으로 확산되는 감염자들을 어떻게 막을 것이며, 그 감염 경로 또한 어떻게 알 수 있을 것인가! 그럼에도 불구하고 함께 있던 사람 가운데 양성 반응이 먼저 나타난 사람은 다른 사람들에게 죄책감을 느낄 수밖에 없는 구조다. 물론 상대방이 음성이 나오면 상관이 없겠지만 혹여 양성이 나오게 되면 그 죄책감은 당연히 커질 수밖에 없다. 그런 이유에서 음성 판정을 받은 지인에게는 나의 상황을 정확히 얘기해 주고, 다만 양성 판정을 받은 지인과 연락이 닿을 경우, 이 같은 사실을 비밀로 해달라고 부탁한 것이다. 그것은 이후 모든 게 정상으로 돌아왔을 때, 그때 충분히 웃으면서 얘기할 수 있는 부분이기 때문이다.

그런데 문제는 우리 가족들이었다. 한 공간에 살고 있는 가족들에게는 엄마인 내가 그야말로 죄인일 수밖에 없었다. 특히 정말 중요한 시기인 고3 딸아이에게는 차마 고개를 들 수 없을 정도로 미안했다. 가뜩이나 공부로 지쳐있는 아이를 따뜻하게 안아줄 수도 없었고, 가까이서 눈을 맞추며 대화할 수 있는 처지도 아니었다. 또한 음식을 하는 것조차 자유롭지 못한 탓에 간단한 음식이나 배달 음식으로 대체하는 경우가 많았고, 아이가 하교 후 전철역에서 집까지 잠시나마 지친 몸을 쉴 수 있도록 해줬던 '차 안'이라는 공간마저 내어줄 수 없었다.

그나마 차로 픽업할 때는 비록 짧은 시간이지만 이런저런 대화를 나누면서 아이에게 공감을 해주곤 했는데, 내가 격리된 이상 현관문을 열고 들어오는 지친 아이를 보고도 기껏해야 "잘 갔다 왔니?"라는 인사 정도밖에 할 수가 없었다. 그것도 자가 격리된 방 안에서 얼굴만 빼꼼히 내밀며……. 그러니 나를 바라보는 딸아이의 표정이 좋을 리 만무했다. 한창 위로받고 싶은 수험생일 텐데 엄마로서 아무것도 해줄 수 없다는 사실에 하루하루가 텅 빈 공허함으로 채워져 갔다. 특히 아이들을 기분 좋게 깨워주는 유일한 방법으로써 긁어주는 일조차 할 수가 없다 보니 왠지 아이들과의 유대감 형성에도 빨간불이 켜지는 듯했다. 정말이지 숨이 막혔

기억의 온도가 전하는 삶의 철학

다. 전혀 뜻하지 않은 죄인이 되어버린 것이다.

　그렇게 가족들에게 죄인이 된 지 사흘이 되던 날이었다. 남편은 이른 아침부터 목이 좀 이상하다며 속옷, 양말 등을 챙겨서 부랴부랴 회사로 떠났다. 그러면서 혹여 양성 판정이 나올 수도 있으니 회사에서 자가 격리를 해야겠다고 했다. 그런데 아니나 다를까 하루가 지나고 결국 PCR 검사에서 양성 판정이 나오고 말았다. 목 통증이 얼마나 심했으면 기침을 할 때마다 마치 모래를 한 움큼씩 목구멍으로 넘기는 것 같다면서 몹시 힘들어했다. 솔직히 그동안 설마 했는데…… 하기야 내가 양성 판정을 받은 날, 같이 밥도 먹고, 운동도 했으니 어쩌면 당연한 일일 수도 있겠다 싶었다. 그래도 그렇지 그 확산 속도는 가히 엄청났다. 이제는 바이러스 보균자로서의 죄인이 아니라 더 중죄인 바이러스를 퍼트린 죄인이 되고 만 것이다.

　그리고 다음 날 오전, 둘째 녀석의 담임 선생님으로부터 전화가 걸려 왔다. 혹시나 했는데, 역시나 전화기 너머로 들려오는 다소 심각한 목소리는 아무래도 아이가 코로나 양성인 것 같다는 비보였다. 이후, 둘째 녀석도 신속항원검사에서 양성 판정이 나왔다. 참으로 어처구니없는 일이었다. 나름 최대한 주의를 한다고 했는데, 가정 내에서는 한계가 있는 듯했다. 결국 둘째 녀석에게도 중죄를 저지르고 말았다. 특히 남고에 입학한 후 나름 재미있게 잘 다니고 있었는데, 자가 격리 기간인 1주일 동안 학교도 못 가고, 수학, 영어 학원도 못 가고, 이미 한 달 단위로 등록해 놓은 스터디 카페도 못 가고, 친구들도 못 만나니 그 어찌 중죄 중의 중죄가 아니겠는가! 원망의 화살이 거침없이 쏟아졌다.

이제 큰딸아이만 남았다. 어떻게 해서든 중죄를 조금이나마 덜기 위해 용기를 북돋아 줘야만 했다. 그나마 딸아이는 엄마인 나를 이해해서인지 그다지 탓을 하지 않았고, 자신의 할 일만 묵묵히 할 뿐이었다. 다만, 똑같은 신세가 되지 않기 위해 자신의 방문에 한 치의 빈틈도 허락하지 않았다. 그런데 이게 어찌 된 일인가! 다음 날, 그러니까 그날은 주말이었다. 그 전날 밤까지만 해도 멀쩡했던 아이가 열이 나고, 목이 아프다며 하소연을 했다. 결국 올 게 왔구나 싶었다. 자가 키트에서 양성 반응, 당연히 신속항원 검사에서도 양성 반응이 나왔다. 그렇게 온 가족이 코로나 확진자가 된 것이다. 그동안 감기 한번 앓지 않던 나였는데, 가족들에게 뜻하지 않은 죄를 저지르고 말았다. 너무도 허무하고 삭막했다.

다만, 우리 집 반려견인 해피만 아무 일도 없었다는 듯 꼬리를 흔들고 있었다.

기억의 온도 / 공감이 가는 그들의 말

과거의 탓, 남의 탓이라는 생각을 버릴 때 인생은 호전한다.

· · ·

웨인 다이어

죄책감은 우리 자신을 향한 분노다.

· · ·

피터 맥윌리엄스

죄의 행위는 지나가고 흔적은 없어져도 죄책감은 거기 있다.

· · ·

아퀴나스

반려견의 앙상한 하루

:

"해피야, 맘마 먹을까?"

"해피야, 간식 먹을까?"

"해피야, 산책하러 나갈까?"

우리 집에는 가족들의 사랑을 거의 독차지하고 있는 귀염둥이가 있다. 그냥 이름만 불러도 기분이 좋아지고, 미소 짓게 만드는 '해피'라는 강아지다. 해피는 첫째 딸아이가 사춘기 때 우리 가족이 되었다. 지금도 생각난다. 그날은 휴일이었다. 그동안 벼르고 벼르다가 결국 강아지 분양 숍에 가게 되었는데……. 문을 열고 들어서는 순간, 올망졸망한 강아지들이 해맑은 눈으로 우리 가족을 응시하고 있었다. 푸들, 시츄, 몰티즈, 치와와, 스피츠, 포메라니안, 퍼그 등 그 종류들도 무척 다양했다. 강아지들은 좁고 답답한 철창 안에 갇혀 있었는데, 그중 가장 작고 앙증맞은 오렌지빛 강아지가 눈에 들어왔다. 우리 집 두 녀석도 나와 같은 생각이었다.

두 손에 쏙 들어올 정도로 무척이나 작았던 그 강아지는 철창 안에 갇힌 채 아무 생각이 없어 보였다. 그 좁은 공간에서 이리저리 왔다 갔다 하며 엄마의 따스한 품을 찾는 듯했다. 아무래도 엄마 강아지와 떨어진 지 그리 오래되지 않았나 싶다. 그렇게 그 오렌지빛 강아지는 그날 이후로 우리 가족이 되었다. 사실상 난 반려견의 죽음이 어떤 것인지 알고 있기에 다시는 키우지 않으려고 했다. 형언할 수 없는 그 깊은 슬픔을 다시는 경험하고 싶지 않았으니까. 그런데 그 당시 첫째 딸아이의 사춘기 수위가 극에 달해 있었고, 거기에 맞물려 둘째 녀석이 매일같이 강아지를 키우고 싶다고 조르는 바람에 큰맘 먹고 강아지 분양 숍의 문을 두드리게 된 것이다. 그전에 유기견도 한번 생각해 보았지만 다들 원하지 않는 눈치였다.

여하튼, 그 앙증맞은 오렌지빛 강아지는 '해피'라는 이름으로 거의 5년 가까이 우리 가족과 함께 살고 있다. 그리고 그 과정에서 우리 집 두 녀석의 사춘기 완충 작용도 톡톡히 해냈다. 그럼에도 불구하고 정작 해피의 삶은 앙상하기 그지없다. 하루에 세 마디, 물론 지금에서야 하루에 세 마디지만 불과 몇 개월 전까지만 해도 하루에 두 마디, "맘마 먹을까?", "간식 먹을까?" 빼고는 딱히 즐거울 일이 없었다. 지금은 그나마 하루에 한 번, 짧게는 40분, 길게는 1시간 정도 산책을 시켜주기 때문에 "산책하러 갈까?"를 포함해 하루에 세 마디가 그나마 해피에게 있어서 유일한 삶의 낙인 것이다. 실제로 해피를 향해 그 세 마디를 외칠 때면 귀를 쫑긋 세우고, 꼬리를 좌우로 흔들면서 안절부절못한다.

그럼, 밥 먹고, 간식 먹고, 산책하러 가고……. 나머지 시간에는 해피가 무엇을 하냐고? 사실 해피를 옆에서 지켜보는 주인으로서 무척이나 안쓰럽긴 하다. 가족들은 각자 하루의 할 일들이 주어져 있다. 남편은 회사에 출근해서 열심히 일을 하고, 고등학생인 두 녀석은 학교, 학원에 가서 열심히 공부를 한다. 그리고 난 가정주부로서 열심히 집안일을 한다. 가장 먼저 하는 일은 집 안 청소다. 가족들이 머물다 간 집안은 온통 쓰레기투성이다. 바닥엔 머리카락, 라면 부스러기, 모래, 실밥, 과자 부스러기, 강아지 털, 그리고 정체 모를 그 무언가가 여기저기에서 나 뒹굴고 있고, 각 물건 위에는 희뿌연 먼지가 수북이 쌓여있다. 집안을 깨끗하게 사용하든 그렇지 않든 청소기를 돌리다 보면 매일 같은 양의 쓰레기들이 빨려 올라오는 게 참 아이러니하다.

　여하튼, 그다음은 물걸레질을 하고, 빨래를 돌리고, 널고, 개고, 화장실을 청소하고, 반찬통을 정리하고, 설거지를 하고, 반찬을 만들고, 밥을 차리는 등 하루 24시간이 그야말로 쏜살같이 지나가 버린다. 물론 짬짬이 글을 쓰기도 한다. 그런데 해피는 그런 나를 온종일 지켜만 보고 있다. 그 시선은 집안 곳곳을 헤집고 돌아다니는 나를 향해 계속해서 따라다닌다. 그런 해피가 너무 안쓰러운 나머지 때때로 "해피야, 사랑해."라고 큰 소리로 외치곤 하는데, 그것도 한두 번이지 일을 하다 보면 깜박 잊어버릴 때가 많다. 그 순간, 아차 싶어 해피를 찾으면 매번 몸을 웅크린 채 잠을 자고 있다.

　그러니까 해피는 밥을 먹고, 간식을 먹고, 산책하러 가는 것 빼고는 하루 종일 나만 바라보거나 잠자는 게 일이다. 그야말로 초라하고 앙상한 하루를 보내고 있는 것이다. 사람의 손길이 닿지 않으면 그 무엇도 할 수 없는 강아지, 그런 강아지의 삶을 한번 생각해 봤다. 밥을 주지 않으면 그냥 배고파야 하고, 산책을 시켜주지 않으면 그냥 집에만 있어야 하고, 목욕을 시켜주지 않으면 그

낭 더러워야 하고, 털을 깎아주지 않으면 이리저리 뒤엉켜야 하고, 가족들이 모두 외출하고 늦게 들어오면 그동안 혼자 외롭게 있어야 하는 것이다. 특히 아플 때가 문제다. 우리 집의 해피는 워낙 식탐이 많다 보니 예전엔 음식을 통째로 삼키는 경우가 종종 있었다. 따라서 몇 차례 심하게 토를 하며 괴로워한 적이 있었는데, 그때마다 한쪽 귀퉁이에 가서 혼자 끙끙 앓는 것이었다. 여느 사람들처럼 아프다고 징징대거나 보채지 않고 혼자 조용히 말이다. 그래서 지금은 모든 음식을 잘게 잘라주곤 한다. 제발 아프지 말라고.

그런 해피의 모습을 보면서 참 많은 생각을 하게 되었다. 한 인간으로서 얼마나 많은 것들을 누리면서 살아가고 있는지……. 배가 고프면 챙겨 먹으면 되고, 더러우면 씻으면 되고, 밖에 나가고 싶으면 나가면 되고, 아프면 병원에 가거나 약을 먹으면 되고, 누군가에게 불만이 있으면 허심탄회하게 얘기하면 되고, 무언가를 이루고 싶으면 열심히 노력하면 된다. 그럼에도 불구하고 더 많은 것을 원하고, 말로 상대방에게 상처를 주고, 상대방을 괴롭히고, 노력도 하지 않으면서 안 되면 남 탓만 하는 사람들이 있다. 그래서 그런 사람들을 가리켜 동물만도 못하다고 얘기하는 것일지도 모르겠다.

내가 바라보는 동물의 세계는 참으로 순수하다. 잘 보이기 위해서 꾸미지도 않고, 가식도 배신도 없다. 먹는 것 하나에도 행복해하고, 잠시 산책하는 것에도 흥분하고, 현관문 소리에 자다가도 벌떡 일어나 마중을 나오기도 한다. 그리고 그저 조용히 기다리는 것에도 익숙해 있다. 그런 동물의 삶을 바라보면서 때론 욕심을 내려놓기도 하고, 때론 마음의 위안을 얻기도 하고, 때론 인내심을 발휘해 보기도 하고, 때론 인간으로 태어난 것에 감사함을 느껴보기도 한다. 비록 인간들이 보기에는 앙상하기 그지없는 동물들의 하루지만 그런 하루를 오롯이 살아내는 동물들을 통해 참 많은 것들을 깨닫기도 한다.

어느 날이었다. 그날은 가족들이 모두 이른 아침부터 각자의 일정들이 있었다. 모두 다 늦게 귀가할 줄 모르고, 불을 켜지 않은 채 나갔는데⋯⋯. 그 칠흑같이 어두운 공간에서 긴 하루를 버텨낸 해피가 있었다. 가족들의 기척이 전혀 느껴지지 않았던, 그 텅 빈 곳에서 해피는 하루 종일 무엇을 하고 있었을까?

인간보다 동물이 고통스러워하지 않는다고 생각하지 말라.
고통은 인간과 동물에게 동일하게 고통스럽다.
오히려 그들은 그들 스스로를 돕지 못하기 때문에
더 고통스럽다는 것을 알라.
...
루이스 제이

강아지가 아는 가장 큰 두려움은
우리가 문밖으로 나갈 때 다시 돌아오지 않을 것이란 두려움이다.
...
스탠리 커렌

감정 쓰레기통의 쓸쓸한 운명

:

"엄마, 나 왜 낳았어?"

언젠가 나의 엄마를 향해 이렇게 쏘아붙였다. 그러고는 온갖 탓하며 나에게 처한 힘든 상황들을 보상받으려고 애썼다. 그때 엄마는 아무 말도 하지 못했고, 그냥 조용히 방문을 닫고 나갔던 기억이 난다. 그리고 이후로는 그 같은 얘기를 전혀 꺼내지 않았다. 결혼을 하고 자식을 낳아 키우면서 언젠가 아이들이 엄마인 나를 향해 "엄마, 나 왜 낳았어?"라고 쏘아붙였고, 그때 처음으로 그 말에 대한 화자가 아닌 청자의 입장에 서게 된 것이다. 그러니까 내가 나의 엄마에게 했던 말이 그대로 부메랑이 되어 나의 자식이 나에게 하게 된 셈이다.

첫째 딸아이가 한창 사춘기로 방황하던 때였다. 하루하루의 삶은 마치 살얼음 위를 걷는 듯 위태로웠고, 심장을 도려내는 듯한 고통의 연속이었다. 도대체 어디서부터 잘못된 것일까? 눈에 넣어도 아프지 않을 만큼 너무도 믿음직스럽고 착했던 아이였다. 그런데 어느 순간 켜켜이 쌓아온 가식의 모습들을 다 벗어던지고 싶었던 것일까? 나를 향한 눈빛, 말투, 행동 등이 모두 이상하게 느껴졌다. 예전의 사랑스러웠던 눈빛은 살기가 넘치는 날카로운 눈빛으로, 상냥했던 말투는 공격적인 말투로, 모범적인 행동은 불량스러운 행동으로 변해있었다. 처음엔 그저 장난이려니 하며 웃어넘겼지만, 하루, 이틀, 사흘, 나흘……. 시간이 지나면서 그 장난은 공포로 다가왔다.

그렇게 시작되었던 아이의 사춘기는 "엄마, 나 왜 낳았어?"라는 말과 함께 이후 나의 삶을 완전히 바꾸어 놓은 계기가 되었다. 그러니까 나답게 살기보다는 엄마답게 살아야만 서로 부닥치지 않는 구조였던 것이다. 즉, 다시 말해 아이는 자신의 삶을 원하지 않았고, 난 아이를 원해서 낳았기 때문에 어떻게 보면 죄인의 삶이 되고 만 것이다. 우리 옛말에 '부모가 죄인이다.'라는 말이 있는데, 지금껏 살아 보니 그 말이 틀린 말은 아닌 듯싶다. 늘 그렇듯 엄마인 내가 아이들을 이겨 먹으려고 하면 그 즉시 온갖 반발들이 쏟아졌으니까 말이다. 따라서 내가 선택한 가정을 지켜내기 위해서라도 끊임없이 나를 내려놓아야만 했고, 결국 지금의 나는 엄마다운 엄마가 되어 있다.

엄마로서 살아간다는 것, 100% 희생이다. 엄마이기에 아파도 안 아픈 척, 먹고 싶어도 괜찮은 척, 힘들어도 아무렇지 않은 척, 속이 썩어 문드러져도 태연한 척, 행여나 아이들이 힘들어할까 봐 그저 숨죽인 채 살아가는 게 엄마의 삶이다. 실제로도 힘든 일을 아이들과 나누는 게 쉽지만은 않다. 가족이라고, 자식이라고 모든 것을 엄마 입장에서 생각해주지는 않는다. 예를 들어 아이들에게 아무리 경제적으로 힘들다고 해도 자신이 사고 싶은 것, 하고 싶은 것은 반드시 해야 하고, 또 몸이 힘들다고 하소연해도 아이들에게 해줘야 하는 부분들, 즉 엄마의 역할은 반드시 해줘야만 불만이 쌓이지 않는다.

그뿐인가? 아이들이 벌여놓은 일들은 부모가 수습하는 게 당연시되어 버린다. 물론 선택에 대한 책임을 수없이 강조하긴 하지만 아직 경험이 부족한 아이들은 자신의 책임을 가장 만만한 부모에게 떠넘기기 바쁘다. 예를 들어 둘째 녀석의 경우, 강아지를 열심히 키워보겠다며 엄마인 나를 몇 달씩 조르고 졸라 결국 분양에

성공했지만, 이후의 책임은 오롯이 내 몫이 되고 말았다. 그렇다고 아이의 간절함을 외면하면 그에 따른 상처와 집안 분위기, 서로 간의 관계는 또 누가 책임을 질 것인가! 따라서 엄마인 나로서는 가정의 행복을 위해 최선의 선택을 할 수밖에 없고, 결국 그것은 스스로 원하지 않은 쓸쓸한 희생이 될 수밖에 없는 것이다.

"엄마, 왜 지금 깨워줘요?"

"9시에 깨웠어."

"지금 11시잖아요."

"계속 깨워도 안 일어나던데?"

"그럼, 나더러 어떡하라고요. 학원 숙제해야 하는데……."

"지금 하면 되잖아."

"이미 늦었어요, 엄마 때문에."

"또 엄마 탓이야?"

대부분의 엄마들이 마찬가지겠지만 아이들 잠 깨우기가 그리 녹록지만은 않을 것이다. 특히 청소년기에는 잠도 많아지고, 스스로 일어나려는 의지도 약하다 보니 엄마의 힘을 많이 빌리곤 한다. 나 역시 아이들 잠 깨우기는 첫째 딸아이부터 둘째 녀석까지 수년간 이어지고 있는데, 그냥 단순하게 넘어갈 문제는 아닌 것

기억의 온도가 전하는 삶의 철학

같다. 또한 깨우는 방법도 그냥 "일어나." 하고 말만 해서 되는 게 아니라 수십 분 동안 몸 이곳저곳을 긁어주기도 하고, 부드러운 말투로 말을 걸면서 깨워줘야만 아이도 기분 좋게 일어난다. 그런데 그것도 한두 번이지 때때로 화가 치밀어 올라 소리라도 지르게 되면 그 즉시 관계는 틀어져 버린다.

가끔 난 '엄마'라는 자리를 거부하고 싶을 때가 있다. 특히 나의 감정들조차 추스르기 힘든 상황에서 가족 한 사람 한 사람의 잡다한 감정들까지 담아내야 할 때가 그렇다. 마치 감정 쓰레기통처럼 가족들이 느끼는 온갖 감정들, 즉 좋은 감정, 행복한 감정, 불쾌한 감정, 기쁜 감정, 억울한 감정, 불안한 감정, 벅찬 감정, 분노의 감정, 부정적인 감정 등을 엄마이기에 받아낼 수밖에 없는 운명이 때론 너무 가혹하게 느껴지기도 한다. 그렇다고 거부하게 되면 가족 개개인에게 쌓이는 감정 쓰레기는 내가 느끼지 못하는 사이 아마도 거대한 쓰레기 산이 되어 감당하기 힘들지도 모를 일이다. 그래서 난 커다란 감정 쓰레기통이 되어 가족들의 온갖 감정 쓰레기들을 받아내기로 했다. 왜냐하면 난 엄마니까. 그리고 다시 또 비워낼 수 있으니까.

나도 엄마가 되고 보니 '엄마'라는 자리는 아무나 하는 게 아니었다. 너무 무겁고 벅차지만 결국 내가 선택한 길이기에 피할 수도 없는 것이다. 예전엔 단지 엄마의 역할이 다인 줄 알았다. 그런데 그 이면에는 그 이상인 한 가정의 운명이 달려있었던 것이다. 그 옛날, 나의 엄마의 뒷모습은 늘 쓸쓸해 보였다. 그리고 그런 모습을 바라보던 나의 시선은 늘 불만으로 가득했다. '왜 저렇게 기운이 없지?' 지금 생각해 보니 가족들의 온갖 감정들을 받아내느라 그 커다란 감정 쓰레기통이 무게를 지탱하지 못하고 기울어져 있었던 것이다.

기억의 온도 / 공감이 가는 그들의 말

어머니는 20년의 세월 동안 한 소년을 사나이로 키워낸다.
그다음에는 다른 여자가 나타나
그 사나이를 20분 만에 바보로 만들어 버린다.
· · ·
마르셀 푸르스트

슬프도다! 부모는 나를 낳았기 때문에 평생 고생만 했다.
· · ·
시경

●◖◖ 기억의 온도가 전하는 삶의 철학

모토로라 삐삐의 눈물

⋮

"삐삐 삐삐 삐삐…"

손안에 쏙 들어오는 직사각형의 조그마한 기계, 그 기계만 있으면 어디에서 연락이 오는지 금세 알 수 있었던 시절이 있었다. 지금처럼 무분별하게 전해오는 정보들로 인해 가끔은 핸드폰 없는 세상, 즉 조용한 세상을 꿈꿔보기도 하지만 그 당시엔 오히려 너무 조용해서'삐삐'라는 기계의 알림 소리가 무척 반갑게 느껴지기도 했다. "삐삐 삐삐 삐삐…" 길을 가다가도 삐삐 소리가 울리면 곧장 공중전화 박스에 들어가 찍힌 번호로 전화를 걸곤 했는데, 삐삐는 수신된 전화번호만 볼 수 있었을 뿐, 전화를 걸 수는 없었기에 매번 공중전화 박스 주변엔 전화를 걸려는 사람들로 북새통을 이루곤 했다.

　지금 생각해 보면 참으로 원시적인 통신 수단이기도 했지만, 그 당시로서는 삐삐에 찍히는 전화번호에 대한 설렘만으로도 충분히 소유하고픈 물건이었다. 물론 그 설렘이라는 것은 불특정 다수에 대한 모호함이 아닌 특정 소수에 대한 확실한 기다림이라고 할까? 그렇게 '삐삐'라는 기계는 출시될 당시만 해도 가장 선호하는 물건들 가운데 단연코 으뜸이라고 할 수 있었다.

　나도 그 기계, 무척이나 갖고 싶었다. 그 당시는 대학 졸업과 동시에 의상 관련 일을 하고 있을 무렵이었다. 거의 1년 남짓 일을 하면서 '의상 디자이너'라는 직업이 적성에 맞지 않는다는 것을 깨닫고 방황하던 시기였다. 의상과를 졸업했으니 당연히 의상 관련 일을 해야 한다고 생각했고, 1년 남짓 의상 관련 일을 하면서 적성에 맞지 않는다는 것을 깨달았을 때는 그야말로 절망 그 자체였다. 도대체 어디서부터 시작해야 할지 갈피를 잡지 못한 채 하루하루 무의미한 삶을 살고 있었다. 첫 단추를 잘못 끼웠으니 계속해서 어긋나게 꿰어질 테고, 결국엔 모든 게 뒤틀어지는 상황이 올 거라는 불안감에 사로잡혀 아무런 의지도 생겨나지 않았다.

●●◖◖ 기억의 온도가 전하는 삶의 철학

그렇게 하루하루 우울한 마음으로 지내고 있을 무렵이었다. 늦은 아침, 겨우겨우 몸을 추스르며 일어나 보니 머리맡에 조그마한 선물이 하나 놓여 있었다. 손 하나 까딱하기 싫은 무기력감에 포장지를 뜯는 것조차 힘에 겨웠지만 그래도 안의 내용물이 무엇인지 궁금했던 모양이다. 포장지를 다 뜯고 마지막으로 상자 뚜껑을 여는 순간 깜짝 놀라고 말았다. 그토록 갖고 싶어 하던 삐삐였다. 그것도 당시 품질이 가장 뛰어나다고 소문난 모토로라 삐삐. 도대체 누가 이런 선물을 해줬을까? 알고 보니 남동생이었다.

그 당시 동생은 대학 생활로 한창 바쁜 나날을 보내고 있었다. 강의 들으랴, 아르바이트하랴 무척 힘든 시기였음에도 불구하고 누나인 나에게 정작 자신도 갖지 못한 그 귀한 삐삐를 선물해 준 것이다. 사실상 그 당시로서는 용돈을 넉넉하게 줄 형편도 아니었기에 아마도 조금씩 모아둔 용돈으로 큰맘 먹고 구입을 한 게 아닐까 싶다. 누나로서 미안했다. 방황하는 나의 모습을 고스란히 옆에서 지켜본 동생이 누나인 나에게 조금이나마 힘이 되어 주고 싶었던 것일까? 그런 동생의 진정한 마음이 나의 가슴속 깊은 곳의 절망을 따뜻하게 감싸면서 조금씩 힘이 나기 시작했고, 다시 일어서고 싶은 의지도 생겨났다. 물론 그토록 갖고 싶어 했던 삐삐를 소유한 부분도 있었겠지만 나를 향한 남동생의 따뜻한 마음이 커다란 위로로 다가온 것이다.

남동생은 나하고 2살 차이다. 어릴 때부터 늘 함께 붙어 다니면서 서로 의지하는 부분이 컸기 때문에 동생을 향한 나의 마음은 늘 애틋했다. 어린 시절, 다소 순하고 내성적이었던 동생이 동네 아이들로부터 놀림을 당해 울고 들어오면 그 즉시 뛰쳐나가 아이들을 혼내주기도 하고, 어떤 때는 심하게 한 대 쥐어박고 들어올 때도 있었다. 지금 생각해 보면 남동생보다 내가 더 선머슴 같다고 할까? 불의를 보면 못 참는 성격이 그 당시에도 고스란히 드러나곤 했다.

한번은 이런 일도 있었다. 그 당시 6살이었던 동생과 사이좋게 손을 잡고 주유소를 지나가고 있는데, 어떤 아저씨가 동생을 향해 "꼬마야, 네 형이냐? 똑같이 생겼네."라고 하는 것이었다. 그 당시 난 짧은 커트 머리에 주로 바지와 운동화를 신고 다녔기 때문에 남들이 보기에 다소 사내아이처럼 보였는지도 모르겠다. 여하튼 어린 마음에 그 얘기를 듣고 얼마나 기분이 상했는지 집에 와서 엉엉 울었던 기억이 난다. 그렇게 우리 남매는 늘 함께 다니면서 외롭지 않게 지내곤 했다. 그리고 대학생, 사회인으로 각각 성장을 한 이후에도 남동생의 너그럽고 조용한 성격이 누나로서 왠지 잘 챙겨주고 싶은 마음이었다.

그런 남동생이 석사과정을 마칠 즈음, 미국에 가겠다고 선언했다. 이유를 알고 보니 대학 시절, 배낭여행을 통해 만난 지인이 미국에 오라고 제안을 했던 모양이다. 게다가 그 당시 연구생들과 잦은 술자리로 인해 많이 힘들어한 부분도 있었다. 술에 약한 동생이 어쩔 수 없는 상황으로 과음을 하는 날이면 새벽 내내 화장실에서 구토를 했다. 옆에서 보기에도 안쓰러울 정도로 고통스러워하는 모습이 역력했는데, 그 당시만 해도 권하는 술은 무조건 먹어야 하는 무모한 술 문화가 뿌리 깊게 자리 잡고 있었다. 게다가 동생은 또래 연구생들이 교수에게 아부하는 모습을 보면서 우리나라의 아부 문화에 대한 비판도 서슴지 않았다.

그렇게 동생은 29살 때, 홀연히 미국으로 떠나버렸다. 그리고 22년이 지난 지금, 동생은 미국 시민권자다. 아직 미혼이고, 직업은 모 대학교 소속 공무원으로서 건축설계 강의도 하고, 환경운동도 한다고 들었다. 게다가 원룸 사업까지 한다고 하니 도대체 그동안 어떻게 살아온 것일까? 가히 상상조차 할 수 없다. 지금이 있기까지 그 먼 이국땅에서 얼마나 몸서리치게 힘들었을지, 또 외로웠을지……. 그저 누나로서 행복하기만을 바랄 뿐이다. 한 번은 아이들 사춘기로 몹시 힘들었을 때, 동생과 통화를 한 적이 있었다. 그때 동생에게 "너는 중·고등학교 때 별로 반항도 하지 않고, 참 순했는데…." 라고 했더니 잠시 후 "그 당시 난 받아줄 사람도 없었어."라고 하는 것이다. 순간, 난 아무 말도 하지 못했다.

그리고 한 달 전, 동생의 안부가 궁금해서 전화를 했는데…….
무슨 얘기를 하다가 3년 전에 '림프종'이라는 일종의 혈액암에 걸렸었다는 사실을 알게 되었다. 물론 초기에 발견을 했고, 지금은 완치되었다고 하는데, 그 과정에서 옆에 아무도 없이, 또 오롯이 혼자 견뎌 냈을 외로움과 두려움은 어찌해야 했단 말인가! 순간, 난 아무 말도 할 수가 없었다.

기억의 온도가 전하는 삶의 철학

내 아픔 네가 알 리 없고
네 아픔 내가 알 리 없으니
그 깊이를 무슨 수로 따지겠나

상처의 깊이란 따지는 것이 아닌
인정해 주고, 위로해주는 것

그래 너 참 아프겠다
아팠겠구나
나보다 더

. . .

『익숙해지지 마라 행복이 멀어진다』 중에서

그런데… 위로해주고 싶은 넌, 너무도 멀리 있구나!

우러나지 않는 겉도는 맛

:

"네가 우리 집안의 기둥이니까."

"부모에게 효도해야지."

"네가 그래도 형이니까."

"네가 우리 집안의 장남이니까."

"네가 우리 집안의 맏며느리니까."

문득 '이런 분이 위인이라고?' 하는 의구심이 들 때가 있다. 도대체 위인의 기준이 무엇인지……. 우리 집 군데군데 놓여 있는 책꽂이를 보더라도 위인에 관한 책들이 빽빽이 꽂혀 있다. 그 중 몇몇 위인들에 관한 책들은 눈길도 주지 않을뿐더러 어떤 때는 그냥 갖다 버리고 싶을 때가 있다. 그중 공자에 관한 책도 그렇다.

난 솔직히 유교 사상, 아니 우리나라에 잘못 인식된 유교 사상이 너무 싫다. 그래서 공자도 싫다. 그 이유는 내가 나답게 살고 싶은 본능을 계속해서 억누르기 때문이다. 물론 그렇다고 내가 나답게 살아가지 않는 것은 절대 아니다. 다만, 그 과정에서 수없이 많은 마찰과 차별, 압박, 치욕, 억울함, 소외감 등이 있었고, 결국 나 스스로를 지켜내기 위해서 끊임없이 투쟁하고 있다는 사실이다.

그냥 하라고 하니까, 그동안 그런 식으로 살아왔으니까, 사회가 그러니까, 어쩔 수 없는 집안 문화니까, 우리나라 전통문화니까, 웃어른이 말씀하시니까, 불효를 저지르면 안 되니까 무조건 해야 한다? 남들이 흔히 말하는 영혼 없는 말이나 행동은 과연 어떤 결과를 초래할지 한번 생각해 봤다. 지금 시대를 보면 알 수 있다. 그동안 억눌려 왔던 여성들이 참아왔던 분노를 폭발시키기 시작했고, 이젠 더 이상 참지 않을 거라고 사회 이곳저곳에서 괴성을 지르고 있다. 그러다 보니 남녀 차별에 대한 조율이 아닌 남녀 혐오를 부추기는 사회적 현상으로 번지는 것이다.

솔직히 힘이 든다. '불평등'이라는 단어가 주는 억울함 때문에 나 또한 켜켜이 쌓인 분노가 가슴 한편에서 꿈틀대곤 한다. 지금 생각해 보니 결혼한 지도 벌써 20년째다. 남편이 장남이기에 나도 덩달아 만며느리가 되었다. 만며느리가 되기 위해서 결혼을 한 게 아니라 남편과 행복한 가정을 꾸려 보려고 결혼을 했다. 마찬가지로 남편도 장남이 되기 위해서 이 세상에 태어난 게 아니라 뜻하지 않게 태어나고 보니 장남이 된 것이다. 그러니까 아직도 사회 전반에 뿌리 깊게 자리 잡은 유교 사상 때문에 어떻게 보면 둘 다 억울할 수밖에 없는 그런 입장이 되어버렸다고 할까?

여하튼, 막상 결혼을 하고 보니 그 옛날 조선시대에 와 있었다. 시댁과의 거리는 엎어지면 코 닿을 거리, 1주일에 2번 이상은 시댁에 가야 하는 상황, 이틀에 한 번씩 시어머니에게 안부 전화하기, 시댁 관련 행사에 무조건 참석해야 하는 상황, 시댁 식구들이 친정에 오면 난 시댁으로 가야 하는 상황 등등 결혼 7년 차까지 '나'라는 사람은 도대체 누구인지 도무지 갈피를 잡을 수가 없었다. 그렇게 창살 없는 감옥 속에서 정신적, 육체적으로 점점 피폐해져 갔다. 많이 아팠다. 결혼 전, 대체로 자유롭게 살아왔던 나였기에 그런 시댁 문화에 적응하는 게 너무도 힘이 들었고, 결국 버티고 버티다가 그 한계에 부딪히고 말았다. 갑상샘암이었다.

우리나라에서 만며느리로 살아간다는 것, 둘째, 셋째 며느리는 용서가 돼도 만며느리는 용서가 안 되는 사회적 분위기 때문인지 그녀들의 마음속엔 늘 어두운 그늘이 드리워져 있다. 뭐든지 앞장서야 하고, 참아야 하고, 책임져야 하고, 굳이 경험하지 않아도 될 온갖 상처들을 장남과 맏며느리라는 이유만으로 감당해야 한다는 게 이제는 용납이 되지 않는다. 아니, 절대로 용납하지 않을 것이다. 세상은 많이 바뀌었다. 사회 이곳저곳에서 남녀평등을 부르짖고 있고, 가정 내에서도 형식적인 제사, 차례를 다 없애버리는 경우들이 우후죽순 격으로 늘어나고 있다. 심지어는 둘째 녀석도 "지금이 어느 시대인데, 아직도 장남 문화?"라며 콧방귀를 뀌기도 한다.

고등학교에 재학 중인 첫째 딸아이는 자칭 온건적 페미니스트라고 얘기한다. 그러니까 남녀 차별 없이 여자들도 살만한 세상을 만들자는 주의다. 특히, 요즘 흔하게 발생하는 데이트 폭력, 스토킹, 성폭행, 성추행 등 남자들로 인해 여자들이 피해를 보는 경우가 많은데, 법을 강화해서라도 이러한 범죄를 뿌리째 뽑지 않으면 앞으로 이 나라에서 어떻게 살 수 있겠냐고 분노를 표출하곤 한다. 게다가 결혼에 대한 희망도 버린 지 오래다. 우리나라에서 엄마이자 직장인으로 살아간다는 것이 어떤 것인지. 왜 여성들이 결혼을 기피하고, 출산을 꺼리는지에 관해 형식적인 미봉책만 내놓을 게 아니라 이제는 근본적인 대책 마련이 필요할 때다.

평등사상! 나도 지금껏 살아 보니 불평등으로 인한 억울함이 가장 컸다. 따라서 그 억울함은 분노를 낳게 하고, 또 그 분노는 결국 모든 것을 파멸로 이끌기도 한다. 물론 인간 세상에서 차별이 없을 수는 없겠지만 그래도 모두가 살기 좋은 세상을 위해서는 그 간격을 최대한 좁혀갈 수는 있지 않을까 싶다. 또한 불합리한 유교 문화는 과감히 없애버리고, 보다 합리적으로 변화시키는 데 모두가 힘을 모아야 한다. 예를 들어 제사 문화만 해도 그렇다. 제사상 한번 차리는 데 수십만 원 상당의 비용이 들어갈 뿐만 아니라 거기에 들어가는 노동력 또한 만만치 않다. 게다가 시댁 쪽 제사음식을 피 한 방울 섞이지 않은 며느리가 아무런 의미 없이, 그것도 불만이 가득한 마음으로 만든다는 것 자체가 참으로 아이러니하다.

"저는 명절 음식은 조금만 해가지고 가요. 만약, 이것저것 다 하다 보면 시댁에 대한 분노가 끓어오를 것 같아서 제가 기분이 상하지 않을 만큼만 해요. 그리고 저희 시댁은 제사 안 지낸 지 꽤 됐어요."

솔직히 나도 그동안 명절 · 제사 음식을 만들면서 순간순간 끓어오르는 분노를 남편에게 다 쏟아붓곤 했다. 차례상, 제사상이

기억의 온도가 전하는 삶의 철학

라는 게 남편 집안의 선조들이나 돌아가신 부모님을 위한 마음의 표현인데, 정작 남편은 TV만 보고 있고, 며느리인 내가 며칠 동안 준비하고, 다듬고, 만들어야 하는 상황에서 어찌 화가 나지 않겠는가! 게다가 결혼 초부터 시어머니는 "너 혼자 제사를 지낼 수 있겠냐?", "제사 네가 다 지내라."라는 말을 그냥 툭툭 내뱉는 바람에 제사에 대한 노이로제가 걸릴 정도였다. 그러니 나에게 있어서 제사는 그야말로 우러나지 않는 겉도는 맛일 수밖에 없는 것이다. 우러나지 않으니 진정한 맛을 모르고, 진정한 맛을 모르니 먹기 싫고, 굳이 먹더라도 억지로 먹을 수밖에 없는 것이다.

사실 시어머니는 예전부터 맏며느리인 나에게 제사를 물려주려고 했다. 하지만 난 끊임없이 투쟁했고, 결국 그 떠넘기기식 책임에서 벗어날 수 있었다. 그렇다고 제사에서 아예 손을 뗀 게 아니라 옆에서 많은 부분을 도와드리는 식이었다. 그게 내가 할 수 있는 최선이었고, 앞으로도 물려받을 생각은 추호도 없다. 과도한 정신적 스트레스로 인해 명절·제사에 대한 의미가 퇴색되어 버린다면 그것은 아예 없느니만 못하기 때문에 앞으로도 남편과 힘을 합해 더 좋은 방향으로, 가장 합리적인 방향으로 이끌어 나갈 생각이다. 그 말이 맞다. '시댁에 대한 분노가 극에 달할 것 같아서 내가 할 수 있는 만큼만 한다.'라는.

현재 제사는 시아버지 제사만 남아있다. 약 2년 동안 코로나로 인해 그냥 지나칠 수밖에 없었지만, 남편은 매번 아버지 묘소에 가서 안부 인사를 드리고 왔다. 그리고 2022년 1월 1일 새해 첫날, 시어머니에게 새해 안부 인사를 드리려는 상황이었다.

"어머니, 새해 복 많이 받으세요. 그리고 구정쯤, 저희 집에서 떡국이나 드시지요."
"네가 차례를 지낼 수 있겠냐?"
"……"
"차례요? 떡국을 먹는데 무슨 차례지요?"
"차례를 지내야 떡국을 먹지."
"차례를 안 지내면 떡국을 못 먹나요?"
"당연하지. 차례를 안 지낼 거면 나 떡국 안 먹으런다."
"……"

다시 투쟁의 시작이다. 며칠 동안 남편과 난 고민을 했고, 결국 이번 기회에 제사를 아예 가져오기로 했다. 다만, 보여주기식의 형식이 아닌 아버지 묘소에 직접 가서 진정한 마음을 전하는 것으로 대신 하기로 했다. 매년 추석 전에는 남편과 함께 돌아가신 엄마 묘소에 가서 간단하게 묵념을 하고 돌아온다. 그때마다

기억의 온도가 전하는 삶의 철학

내 마음을 담은 예쁜 꽃다발도 꽂아드리고, 하늘에 계신 엄마를 향해 '엄마, 하늘나라에선 행복하지?'라고 묻곤 하는데, 나도 모르게 눈물이 왈칵 쏟아진다. 그게 바로 세상을 떠난 부모님에 대한 진정한 마음이 아닐까?

진실을 추구하려면 반드시 현상의 양면을 보아야 한다.

· · ·

월터 크롱카이트

모르는 것보다는 사실과 다르게 알고 있는 것이 더 문제다.

· · ·

마크 트웨인

인간은 오래 살기를 원한다. 그러나 그 삶은 무엇보다
신중하고 가치가 있어야 하는 것이다.
인생의 시간을 잘 활용하는 것은 쳇바퀴 돌 듯
기계적으로 사는 것이 아니라 진실한 삶을 사는 것이다.

· · ·

랠프 에머슨

진실도 때로는 우리를 다치게 할 때가 있다.
하지만 그것은 머지않아 치료를 받을 수 있는 가벼운 상처이다.

· · ·

앙드레 지드

마음까지 시원하게 쓸어주는 빗자루

"기저귀 널고 있었어?"

"응."

"일일이 손빨래하느라 힘들었겠다."

"그래도 깨끗하니까 너무 기분 좋아."

찬란하리만큼 눈이 부셨던 어느 화창한 봄날, 그 친구는 깨끗하게 빤 아기 면 기저귀를 탈탈 털어 빨래 건조대에 정성껏 널고 있었다. 그리고 잠시 후, 긴 숨을 내쉬더니 "깨끗하니 너무 좋다."라며 더없이 환한 미소를 지었다. 그 친구는 시댁에서 한사코 반대하는 결혼을 한 탓에 하루하루의 삶이 마치 신데렐라와 새엄마의 관계를 보는 듯 위태로웠다. 그래도 그 순간만큼은 이 세상의 모든 걱정과 근심이 싹 사라지는 것처럼 편안해 보였다. 지금 그 친구는 잘 살고 있는지 모르겠다. 연락이 끊긴 지도 벌써 17년이 다 되어간다. 그 당시 그 친구는 시어머니로부터 온갖 구박을 당하면서도 지혜롭게 하루하루를 살아가고 있었다. 바로 깨끗함을 추구하는 마음이었다.

순수함! 깨끗함! 사실 이런 느낌만큼 사람을 기분 좋게 해주는 게 없다. 그냥 보는 것만으로도 마음까지 정화되는 느낌이라고 할까? 난 이런 느낌을 결혼 이후에야 비로소 깨닫게 되었다. 아마도 집안 살림에 대한 책임감 때문에 그런 게 아닐까 싶다. 그렇다고 난 아주 완벽한 스타일도 아니다. 집 안 구석구석을 먼지 하나 없이 아주 깔끔하게 치우는 스타일이 못 된다. 물론 속 모르는 사람들은 "집, 참 깨끗하다."라고 얘기하겠지만 사실 눈에 보이는 것만 깨끗하게 보일 뿐, 그저 눈속임일 뿐이다. 아! 그러고 보니 쓸고 닦고를 다 제하고 정리 정돈만 잘해도 남들이 말하는 깨끗함의 호사는 누릴 수 있었던 것 같다.

결혼 초, 나름 집안을 깨끗하게 한답시고 먼지떨이로 숨어있는 뿌연 먼지들까지 죄다 끄집어내어 내 호흡기를 혹사하고, 문틈 사이사이까지 그 많은 먼지를 다 털어내느라 안간힘을 쓰곤 했다. 또한 묵직한 청소기를 이 방 저 방 끌고 다니면서 바닥을 빈틈없이 박박 문지르곤 했는데, 그 과정에서 줄이 본체의 뒤꽁무니에 콕 박혀있기라도 하면 있는 힘껏 끄집어내어 당기면서 집 안 구석구석을 열심히 청소하고 돌아다녔다. 그런 다음 물걸레로 먼지가 수북이 쌓인 물건들을 하나하나 다 닦아내고, 이어 무릎을 꿇은 상태에서 거의 넋 나간 사람처럼 집안 바닥을 온통 다 헤집고 돌아다녔다.

그래서였을까? 매번 그런 식으로 하다 보니 어느 순간 청소에 대한 강박증이 생겨나고, 온몸이 욱신욱신 쑤시면서 저려오기 시작했다. 특히 손목과 무릎에서 심한 통증이 느껴질 정도로 청소에 대한 대가는 너무도 컸다. 그 순간, 이건 아니다 싶어 내가 생각하는 깨끗함의 기준을 다시 정하기로 했다. 그러니까 굳이 힘들이지 않고도 깨끗하게 보이는 방법을 알아내는 것이었다. 그리고 거기에다가 스스로에 대한 만족만 얹으면 기분 좋게 청소를 할 수 있을 것 같았다. 완벽한 깨끗함을 유지하려다가 내 몸과 마음이 망가질 수도 있다는 생각에 청소만큼은 꾸준히 지속할 수 있게 해주는 요령을 터득하고 싶었다.

언젠가 같은 아파트 내 지인의 집을 놀러 간 적이 있었다. 그

●◖◗◖ 기억의 온도가 전하는 삶의 철학

분의 경우, 행주는 물론 수건, 발판, 각종 타월 등은 세균이 잘 번식한다며 수시로 삶아주고, 화장실 내의 타일 테두리는 곰팡이 하나 없이 깨끗하게 관리하고 있었다. 게다가 문틈이며 집 안 구석구석은 갓 분양한 아파트의 내부를 보는 듯 번지르르했다. 그래도 그 집에서 꽤 오래 살았을 텐데 어떻게 한결같이 유지를 할 수 있었는지 몹시 의아했다. 그런데 아니나 다를까 그 지인은 늘 골골거리면서 약을 달고 살았다. 식탁 앞에 놓인 약, 건강보조제 등이 왜 그렇게 많은지 순간 깜짝 놀랐다. 마치 집안의 깨끗함을 유지하기 위해서 약을 먹는 사람처럼.

나에게 있어서 청소란 눈에 보이는 깨끗함만으로도 기분이 좋아지고, 이로 인해 가족들의 온갖 짜증과 미움, 분노 등의 부정적인 감정들을 담아낼 수 있는 커다란 그릇을 만드는 데 있다. 또한 가족들에게 있어서는 깨끗한 공간 속에서 정서적 안정감을 찾고, 또 온전한 쉼이 될 수 있도록 하는 엄마의 마음에서 출발했다고 할 수 있다. 여기에서 중요한 건 완벽한 깨끗함을 추구하기 위해서 내 몸이 혹사당하면 기분이 좋아지기는커녕 오히려 자신의 짜증을 가족들이 받아줘야 하는 존재감 상실로 이어질 수 있다는 것이다. 가뜩이나 외로운 엄마는 가족들이 다가가기 꺼려지는 그런 부담스러운 존재가 되어버릴 수도 있다.

"엄마, 엄마! 양말 어디 있어요?"

"응, 소파 위에 올려놓았잖아."

"……."

"……."

"에잇! 양말에 구멍 났잖아요. 구멍 난 건 제발 버리면 안 돼요?"

"다른 양말로 줄게."

"후유! 엄마 때문에 학교 늦었잖아요."

"……."

눈에 넣어도 아플 것 같지 않았던 아이들이 중학교에 들어가면서부터 눈에 넣으면 너무도 아플 것 같은 날카로운 사춘기로 변해가고 있었다. 말 한마디 한마디에 뾰족한 가시를 세우고, 그 가시로 나를 잔인하도록 아프게 찔러대곤 했다. 그것도 잠시 스쳐지나가는 작은 고통이 아니라 오랜 시간 동안 인내가 필요한 뼈저린 고통이었다. 사춘기 시기도 요즘같이 심한 경쟁 사회에 내몰려서 그런지 참으로 날카롭고, 아프고, 숨 막히고, 길었다. 여하튼, 사춘기 아이들을 키우던 그 고난의 시기에는 아침이 오는 게 두려울 정도로 매번 전쟁 아닌 전쟁을 치르곤 했다.

그렇게 아이들은 집에서 한바탕 전쟁을 치른 후 학교로 향했고…… 집안에 덩그러니 혼자 남겨진 난 고요함이 주는 무한한 자유로움 속에서 깊은 심호흡을 시도하곤 했다. 그러고는 잠시후, 빗자루를 꺼내 들고 바닥 귀퉁이부터 서서히 쓸어내기 시작했다. 먼지, 강아지 털, 머리카락, 과자 부스러기, 흙, 실밥, 정체 모를 그 무언가를 하나하나 쓸어내면서 어제 오후부터 오늘 아침까지 내 마음속에 쌓인 분노, 원망, 상처, 미움 등의 부정적인 감정들까지 다 끄집어내어 함께 쓸어내곤 했다. 그러다 보면 어느 순간, 내 마음 한편에 너그러운 공간이 자리를 틀기 시작한다.

요즘 새롭게 출시되는 다양한 청소 기기들, 특히 청소를 대신해주는 최첨단 로봇청소기 등도 많이 있지만 난 그 옛날의 정겨운 빗자루가 더 좋다. 늘 내 옆에서 기분 좋은 깨끗함을 선물해주고, 또 내 마음까지도 어루만져주던 그런 소중한 존재였으니까. 어떻게 보면 내 삶에 있어서 지금까지 나를 지켜준, 하루하루 내가 편안하고 당당하게 살 수 있도록 이끌어 준 절대적 가치를 지닌 빗자루가 아닐까 싶다.

청소의 목적은 단지 깨끗하게 하기 위함만이 아니라
그 환경에서 사는 것에 행복을 느끼기 위함이기도 하다.
...
마리 콘도

청소는 나에게 있어서 힐링이다.
나는 먼지떨이나 빗자루를 잡는 것을 부끄러워하지 않는다.
...
애미샤 페이털

당신의 공간을 청소하는 것은 음식이 맛있는 것만큼 중요하다.
...
칼라 홀

어두운 터널의 끝을 바라보며

⋮

"엄마, 나 70㎏ 대열로 진입했어요."

"몇 ㎏인데?

"79.8㎏이에요."

"네 키가 몇인데?

"176㎝예요."

"……."

기겁했다. 원래는 88㎏이라고 알고 있었는데, 79.8㎏이라니……. 그러니까 약 열흘 전까지만 해도 아들 녀석은 몸이 상당히 비대했다. 엄마인 내가 보기에도 무척 둔해 보여서 적당히 먹으라고 잔소리도 하고, 앉아서 게임할 시간에 차라리 밖에 나가서 운동 좀 하라고 야단도 참 많이 쳤다. 하지만 그럴 때마다 늘 한 귀로 듣고 한 귀로 흘리는 식이었다. 그도 그럴 것이 사춘기 시기인 데다가 단체 그룹 게임에 푹 빠져 있다 보니 친구들을 제외한 그 어떤 누구의 말도 전혀 귀에 들어오지 않았고, 또 자신의 모습이 어떻게 변해 가는지 관심조차 없었다. 심지어는 또래 친구들이 뚱뚱하다고 약을 올려도 그때만 잠시 툴툴거릴 뿐, 다시 원점이었다.

그러던 어느 날, 중학교 졸업식이 있는 날이었다. 이번 졸업식도 코로나로 인해 부모들의 학교 출입을 엄격히 제한했고, 그로 인해 당사자들인 아이들만 조촐하게 졸업식을 마친 후 집으로 돌아왔다. 그때 아들 녀석은 집 현관문을 들어서자마자 불쾌하다며 씩씩거리기 시작했고, 곧바로 졸업 앨범 속의 자신의 사진을 펼쳐 보였다. 그러면서 하는 말이 "이게 도대체 뭐냐고요. 아니, 졸업 앨범에 들어갈 사진을 어떻게 이런 식으로 찍을 수가 있어요?"라며 참았던 불만을 터트렸다. 솔직히 조금 이상하게 나오긴 했지만 누가 봐도 아들 녀석임은 틀림없었다. 그래도 엄마인 입장에서 아들 말에 공감해주고자 과하게 오버하며 맞받아쳤다. "정말 사진 이상하게 나왔다. 아니 어떻게 이렇게 나올 수가 있어? 우리 잘생긴 아들 얼굴을 다 망쳐났네."라고 하면서. 그랬더니 화가 좀 누그러진 듯했다.

그리고 이후 서서히 달라지기 시작했다. 앞으로 절대로 먹을 것을 권하지 말라는 말과 함께 헬스 회원권을 끊어달라는 것이었다. 사실상 다이어트는 예전부터 수도 없이 시도해 봤지만, 그때마다 작심 3일도 아닌, 길어 봤자 작심 1일에서 끝나곤 했다. 여하튼, 대부분 한 끼를 거르는 것조차 무척 힘들어했던 기억이 난다. 그런 아들 녀석이 다이어트와 운동을 병행한다고 하니 어찌 콧방귀를 뀌지 않겠는가! 처음엔 그 다짐이 또 몇 시간이나 갈까 생각했다. 그런데 하루를 넘기고, 이틀, 사흘, 나흘, 닷새……. 그동안 기름진 고기류, 콜라, 캐러멜, 인스턴트, 배달 음식으로 똘똘 뭉쳐진 지방 덩어리가 어떻게 빠질까 의아했는데, 놀랍게도 아들의 모습이 하루가 다르게 달라져 갔다.

게다가 아들 녀석의 부탁대로 그동안 방 한쪽 구석에 처박혀 있던 먼지 낀 체중계도 다시 건전지를 끼워 아들 방에 놓아주고, 거실에 방치되어 있었던 헬스 자전거도 겨우겨우 자리를 잡아 배치해 주었다. 사실 아들 녀석은 중학교 1학년 때부터 시작된 사춘기로 거의 3년 동안 자신의 방에서 나오질 않았다. 물론 기본적인 볼일만 보러 나오곤 했는데, 어떤 때는 얼굴도 잊어버릴 지경이었다. 오죽하면 같은 집에 살면서 "아들아, 오랜만이다,"라는 말이 나왔을까? 나와 남편은 예전과 달리 아이들의 생각을 존중해 주기로 했다. 아이들이 원하는 대로, 아이들이 편안함을 느낄 수 있도록 강요나 집착 따위를 내려놓기로 한 것이다. 사실 그렇게 되기까지는 첫째 딸아이의 공헌이 컸다. 워낙 폭풍 같은 사춘기를 지나왔기 때문에 둘째 녀석은 그러한 경험에 의한 루틴이라고 할까?

따라서 아들 녀석은 중학교 1학년 때부터 3학년 때까지 실컷 놀고, 실컷 먹고, 실컷 자면서 자신이 하고 싶은 대로 다 하고 살았다고 해도 과언이 아니다. 그래서였을까? 보통 사춘기 아이들이 중학교 3학년 2학기 때쯤, 그러니까 찬 바람이 불기 시작하면서 다들 변한다고 하는데, 아들 녀석도 마찬가지였다. 우리가 흔히 말하는 우스갯소리로 지랄 총량의 법칙에 의한 사춘기 할당 지랄 총량을 다 사용했는지 3학년 2학기 말부터 서서히 학원 얘기를 꺼내기 시작했고, 그동안 마지못해 다니던 수학학원을 아예 다른 학원으로 옮기겠다고 했다. 그리고 영어까지 그 범위를 확대하면서 지금은 두 과목을 꾸준히 공부하고 있고, 다이어트와 운동까지 병행하면서 보다 발전된 모습으로 변화해 가고 있다.

●◖◖ 기억의 온도가 전하는 삶의 철학

정말 놀라웠다. 지금은 78kg으로, 처음의 88kg보다 약 10kg이 빠진 상태다. 고작 3주도 채 되지 않아 이 정도로 뺀 것이다. 보통 하루에 한 끼 정도 먹는데, 그것도 조금 먹다가 남기는 게 대부분이고, 끊임없이 헬스 자전거의 페달을 돌리면서 땀을 흠뻑 흘리곤 한다. 가끔 아들 녀석의 방문을 살짝 열어 보면 땀을 뻘뻘 흘리면서 운동하는 모습을 볼 수 있는데, 저러다가 쓰러지는 것은 아닌지 걱정스러울 때도 있다. 하지만 엄마 입장에서 볼 때 살이 쪄서 둔한 것보다는 날씬한 모습이 훨씬 좋아 보이긴 한다. 사실 예전엔 상상도 못 할 일이었다. 식탐이 있어서인지 반찬 투정도 심했고, 입에 척척 달라붙는 인스턴트, 배달 음식에 길들어 집밥은 늘 시큰둥했다.

그러다 보니 하루가 다르게 살이 찌기 시작했고, 평소 입었던 옷도 금세 작아지는 식이었다. 아무리 멋있게 꾸며도 티가 안 나고, 몸이 불편하니까 짜증도 심해지고, 스스로에 대한 자존감도 낮아지면서 오히려 게임에만 더 몰두했던 것이다. 그야말로 악순환이었다. 그렇다고 부모로서 해줄 수 있는 게 딱히 없었다. 아무리 좋은 얘기, 좋은 환경을 만들어주더라도 스스로가 깨닫지 못하면 그 무엇도 아무런 도움이 되지 못했다. 그런데 어느 순간, 아이 스스로가 어두운 터널을 빠져나오려고 안간힘을 썼고, 급기야는 빠른 속도로 빛을 향해 나아가고 있었다. 사실 나도 경험을 해봤지만, 스스로에 대한 상처는 그 무언가가, 계기가 되어 스스로 치유할 수밖에 없다는 것을 안다. 그 어떤 말로도 위로가 되지 않을 뿐더러 오히려 더 깊은 상처로 남을 수 있기에 부모로서 해줄 수 있는 것은 그저 옆에서 조용히 지켜봐 주는 것밖에 없었다.

"엄마, 나 머리도 깎고, 파마도 좀 해야겠어요."

양쪽 눈을 다 덮은 긴 장발, 몸 이곳저곳에서 삐져나오는 지방 덩어리, 날카로운 눈빛, 굽은 어깨, 늘 켜져 있는 컴퓨터, 퀴퀴한 방안 냄새……. 아들 녀석은 꽤 오랜 시간 동안 깊고 어두운 터널 안에 있었다. 물론 지금도 그 터널 안에서 완전히 벗어나지는 못했다. 다만, 지금은 밝은 빛이 보이는 어느 지점에 와 있는 듯하다. 그런 아들의 모습을 바라보고 있노라니 그동안 꽉 막힌 숨통이 시원하게 뚫리기 시작한다. 지금부터 시작이다.

기억의 온도 / 공감이 가는 그들의 말

어느 누구도 과거로 돌아가서 새롭게 시작할 수 없지만
지금부터 시작해서 새로운 결말을 맺을 수는 있다.

···

칼 바르트

산을 움직이려는 자는 작은 돌을 들어내는 일로 시작한다.

· · ·

공자

현재 있는 곳에서 시작하라.
떨어진 곳에서 더 풍요롭게 보일지 모르지만
기회는 항상 당신이 서 있는 바로 그곳에 있다.

· · ·

로버트 콜리어

세상은 그대의 의지에 따라 그 모습이 변한다.

· · ·

그라시안

인생을 가장 아름답게 인도하는 힘은 의지력이다.

· · ·

에머슨

힘은 뼈와 근육에서 나오는 것이 아니라
불굴의 의지에서 나온다.

· · ·

간디

긴 터널에도 반드시 끝은 있다.

· · ·

에머슨

의지력의 열쇠는 욕구다, 무언가 절실히 원하는 사람들은
대개 성취를 위한 의지력을 찾을 수 있다.

· · ·

일레인 맥스웰

멀쩡하던 그녀의 뒷모습

:

"제발 그 개 좀 치우세요."

요즘 난 매일 하는 일이 있다. 다만, 비가 오거나 눈이 오는 날을 제외하고는 그 어떤 일이 있어도 반드시 그 일을 해야 내 마음이 편안해진다. 그것은 다름 아닌 우리 집 반려견인 해피와의 산책이다. 딱히 할 일도 없고, 즐거울 일도 없는 해피의 하루는 대부분 잠으로 시작해서 잠으로 끝난다. 그런 해피가 너무 안쓰러운 나머지 다른 일은 제쳐두고라도 반드시 동네 산책만은 빼놓지 않으려고 노력한다. 사실 지금 5살인 해피는 약 5년 동안 거의 집안에만 갇혀있었다. 어린 시절, 밖으로 몇 차례 데리고 나갔다가 온몸을 벌벌 떠는 바람에 이후로는 바깥세상과 영영 이별을 하게 된 셈이다. 그렇게 해피는 사회성이 전혀 없는 강아지로 성장할 수밖에 없었다.

그러던 어느 날, 그러니까 해피가 약 5년 동안 집이 전부인 줄로만 알고 지내다가 잠깐 바깥세상을 경험한 적이 있었다. 그날은 다소 춥고, 어두컴컴한 밤이었다. 그냥 혹시나 해서 잠깐 해피를 데리고 아파트 정원에 나갔는데, 예전의 벌벌 떠는 모습은 어디로 가고, 무척 신이 난 듯 이곳저곳을 휘젓고 돌아다녔다. 이후 해피와의 산책은 나의 일과 중 가장 의미 있는 일로 남겨졌다. 그 이유는 무엇보다도 해피 입장에서 더없이 행복한 일이고, 그다음으로는 우리 집의 두 녀석이 그런 해피를 보면서 위안을 얻는다는 것이다. 그리고 나 스스로도 해피와의 산책을 통해 동물들, 나아가 사회적 약자들을 다시 한번 돌아볼 수 있는 계기가 되었다.

지금은 해피와의 산책이 거의 1년 가까이 되어간다. 집안일을 하다 보면 하루가 금세 지나가곤 하는데, 그 와중에 해피와의 산책은 잠깐 짬을 내서라도 다녀온다. 그 과정에서 비로소 보이는 것들, 즉 반려견을 데리고 산책하는 사람들, 강아지를 좋아하는 사람들, 강아지는 좋아하지만 그냥 곁눈질로 힐끗 쳐다보며 지나치는 사람들, 강아지에 전혀 관심이 없는 사람들, 강아지를 무서워하는 사람들도 보이고, 전에는 그냥 지나쳤던 골목 사이사이의 진풍경들도 눈에 들어오기 시작했다. 참 웃긴 것은 직접 대면하지도 않았는데, 어디선가 해피와 나를 향한 시선이 꽤 있었다는 사실이다. 한 예로 어떤 아주머니는 "강아지 이름이 뭐예요? 멀리서 보니까 너무 귀엽던데."라며 마치 예전부터 해피와 나를 지켜보고 있었던 것처럼 얘기를 건네곤 했다. 지금도 그 아주머니는 산책하러 나온 해피를 보면 한달음에 달려와 머리를 쓰다듬어 주기도 하고, 친해지고 싶어서인지 갖은 장난을 다 치곤 한다.

또한 언젠가는 느지막이 해피를 데리고 산책을 하고 있었는데, 건물 한 귀퉁이에서 조그마한 강아지를 품에 안은 채 쩔쩔매고 있는 여학생이 보였다. 그날은 시간도 너무 늦은 데다가 날씨까지 몹시 추워서 서둘러 집으로 들어가려던 상황이었다. 그때 그 여학생이 해피가 너무 귀엽다며 조심스레 말을 걸어왔고, 이내 자기네 강아지에 관한 얘기도 들려주었는데……. 곧 해외 입양을 앞두고 있는 상황에서 자신이 잠시 임시 보호자 역할을 하고 있다는 것이었다. 입양 가기 전까지 거의 매일같이 산책을 시켜주고 있는데, 워낙 이리저리 날뛰는 성격인지라 감당이 안 된다며 이런저런 얘기 보따리를 풀어놓았다.

●●○○ 기억의 온도가 전하는 삶의 철학

그리고 20여 일이 지난 어느 날, 우연히 그 여학생을 다시 만나게 되었는데, 놀랍게도 이제는 그 강아지의 임시 보호자가 아닌 주인이 되었다는 소식이었다. 사연을 들어 보니 그동안 강아지와 지내면서 정도 많이 들었고, 가족들, 특히 자신의 언니가 강아지를 너무도 좋아하다 보니 도저히 해외로 입양을 보낼 수가 없었다는 것이다. 사실 나도 그 당시 강아지 해외 입양 얘기를 듣고 마음이 좀 아팠었는데, 정말 다행이라는 생각이 들었다. 이처럼 반려견을 키우다 보면 동물들, 특히 강아지에 대한 애틋한 감정들이 생겨나곤 한다. 따라서 매번 발생하는 동물 학대 사건들을 볼 때마다 너무도 가슴이 아프고, 걷잡을 수 없는 분노가 치솟기도 한다. 그럴 때마다 간디의 명언이 커다란 위안으로 다가오기도 하는데…….

"한 국가의 위대함과 도덕적 진보는 동물이 받는 대우로 가늠할 수 있다."

얼마 전, 제주도에서 발생한 두 건의 동물 학대 사건이 있었다. 한 건은 제주도의 한 유채꽃밭에서 입과 발이 꽁꽁 묶인 채 발견된 강아지였는데, 사람도 하기 힘든 자세인 발이 등 뒤로 꺾여 노끈으로 결박된 상태였다. 그리고 또 한 건은 입과 코를 제외한 온몸이 땅속에 파묻힌 채 생매장당한 상태로 발견된 강아지였다. 사실 그 두 사건을 접하던 날, 인간으로 태어난 나 자신이 부끄럽게 느껴지기도 했다. 어쩜 그리도 잔인하고 무모할까! 도대체 동물들이 무엇을 잘못했기에 그토록 엽기적인 방법으로 학대를 가하는 것인지 가슴이 답답하고, 화가 치밀어 올랐다. 매번 그런 사건들이 터질 때마다 우리 집 반려견인 해피를 다시 한번 생각해보곤 하는데……. 집안에서 큰 싸움이 벌어질 때마다 꼬리가 말려 들어 간 채 어디론가 조용히 사라지기도 하고, 발톱 한번 깎으려면 가족 세 사람이 합심해야 겨우 자를 수 있을 정도로 극심한 두려움과 공포를 느끼곤 한다. 그러니 학대당하는 동물들은…….

언젠가 해피와 산책을 하다가 해피를 물건 취급했던 사람 때문에 굉장히 불쾌했던 기억이 있다. 그날은 오후 5시 무렵이었다. 늘 그렇듯 해피를 데리고 아파트 내 정원을 거닐다가 후문을 통해 밖으로 나가게 되었다. 밖은 차, 오토바이들이 꽤 오가는 작은 도로들이 많지만, 그 주변으로는 놀이터, 각종 상점, 작은 골목들이 있어서 주의만 기울이면 산책 코스로는 아주 그만이다. 그렇게 해피를 데리고 아파트 밖을 산책하고 있었는데, 작은 사거리 귀퉁이쯤에서 해피가 힘이 들었는지 잠시 앉아 주변을 두리번거리기 시작했다. 그때 자전거를 탄 그 누군가가 해피 옆을 스쳐 지나가는

기억의 온도가 전하는 삶의 철학

상황이었고, 동시에 해피를 피해 가다가 그 자전거에 부딪힐 뻔한 그녀가 있었다.

"제발 그 개 좀 치우세요."

그녀는 나를 향해 몹시 불쾌하다는 듯 이렇게 말했다. 해피는 단지 힘이 들어서 쉬고 있었을 뿐, 짖지도, 물지도, 쳐다보지도 않았는데 왜 치워야 하는 대상이 되었는지 모를 일이었다. 순간, 뒤통수를 세게 얻어맞은 듯 멍했고, 그 자리에서 할 말을 잃어버렸다. 누구의 생일인지는 잘 모르겠지만 케이크 상자를 손에 들고 쌩하니 가버린 그녀는 우리 아파트 후문을 향해 걸어가고 있었고, 난 멀쩡했던 그녀의 뒷모습을 한참 동안 바라보고 있었다. 몹시도 싸늘했다. 강아지를 치우라는 말! 언젠가 기사에서 부부싸움을 하던 중 남편이 밖으로 뛰쳐나가자 부인이 홧김에 남편이 사랑하던 반려견을 아파트 창밖으로 내던져버린 사건이 있었다. 그것도 고층에서.

분명, 동물을 대하는 사람들을 보면 알 수 있다. 그 사람이 어떤 사람인지…….

인간을 더 알면 알수록 개를 사랑하는 나 자신을 발견하게 됩니다.

샤를 드골

나는 개나 고양이를 제대로 대접해주지 않는 인간의 종교에는
별 흥미가 없다.

에이브러햄 링컨

동물을 대하는 태도를 보면 그 사람의 본성을 판단할 수 있다.

임마누엘 칸트

사람의 영혼은 개를 대하는 모습으로 알 수 있다.

차스 도란

chapter 04

추웠던 기억들
(내 삶의 상처)

불길 속으로 사라지는 나의 엄마

⋮

산소호흡기, 환자용 침대, 모니터기, 복수용 주사기, 수액 주사기, 수혈 주사기…

중환자실로 옮겨진 지 4일째…. 사경을 헤매는 엄마를 옆에서 간호하다가 언니와 교대할 시간이 되어 집으로 돌아왔다. 그 당시 아직 어렸던 4학년 딸아이와 2학년 아들 녀석은 오후 내내 자리를 비웠던 엄마의 빈자리가 몹시도 그리웠는지 현관문을 열고 힘없이 들어오는 나의 품속으로 쏙 파고들어 왔다. 그리고 얼마 후, 책상에 앉아 숙제를 하던 딸아이가 갑자기 서럽게 울기 시작했다. "엄마, 외할머니가 너무 불쌍해."라고 하면서. 그 순간, 나도 애써 참아왔던 응어리진 감정 덩어리를 눈물로 다 쏟아내고 말았다. 그렇게 얼마나 울었을까? 전화벨이 울렸다. 언니였다.

"엄마, 돌아가셨어…."

이제 더 이상 눈물도 나오지 않았다. 그 무언가에 홀린 듯 주섬주섬 옷을 걸쳐 입고 병원으로 향했다. 불안에 떨고 있는 아이들, 나의 어깨를 감싸주던 남편의 손, 그리고 어느새 병원 앞에 있었다. 너무 무서웠다. 엄마가 죽었다고? 내가 초등학교 4학년 때, 친할머니의 죽은 모습을 보고 충격을 받은 적이 있었다. 그때 친할머니의 딸인 둘째 고모가 거의 미친 듯 울어대는 모습을 보고 또 한 번 충격을 받기도 했다. 그런데 나의 엄마가 죽었다고? 마치 가슴을 쥐어짜듯 저려 왔다. 자식으로서 임종도 보지 못했는데, 내가 어떻게 그런 엄마의 모습을 차마 바라볼 수 있겠는가…….

엄마가 누워있는 병실의 계단을 오르는 순간, 나의 두 다리는 후들후들 떨려왔고, 심장은 쿵쿵 요동을 치며 곧 멎을 것처럼 숨이 가빠왔다. 다시금 메말랐던 눈물이 흐르기 시작하면서 병실 복도를 지나가는데, 몇몇 환자들이 엄마의 병실 쪽을 기웃거리며 고개를 떨구는 모습이 보였다. 하얀 포로 덮여 있는 엄마의 시신, 난

떨리는 손으로 포를 젖히면서 엄마의 얼굴을 바라보았다. 생명이 빠져나간 모습, 그 모습은 마치 백지장처럼 하얀 돌덩이 같았다. 피부는 밑으로 꺼진 듯 파여 보였고, 표정은 극심한 고통을 온몸으로 참아낸 듯 다소 일그러져 있었다. 부디! 부디, 편안한 모습이기를 바랐건만 그게 아니었기에 자식으로서 죄책감이 더했다.

이제는 더 이상 이 세상 사람이 아닌, 차디찬 엄마의 얼굴을 비비며 그동안 쌓인 울분을 다 토해냈다. "엄마! 엄마! 엄마…!" 눈물 콧물이 범벅이 되어 거의 미친 듯 오열하는 나의 모습을 옆에서 지켜본 아이들은 같이 따라 울며 발을 동동 굴렀고, 이내 병실은 울음바다로 변해버렸다. 아마 그 당시 아이들도 내가 친할머니의 죽음 앞에서 작은고모를 보는 듯 심한 충격을 받지 않았을까 싶다. 그렇게 점점 굳어져 가는 엄마의 몸을 부둥켜안고 일어나라고, 제발 일어나라고 애원했다. 그런데 그런 나를 뒤로한 채 엄마는 어딘가로 옮겨져 가고 있었다. 이후 우리 형제들은 장례 절차를 밟느라 엄마를 그리워할 새도 없이 바쁘게 뛰어다녀야만 했다.

그리고 다음 날, 입관식이 있는 날이었다. 오전 10시 무렵, 상조업체 직원이 염을 한다며 직계가족들을 다 불러 모았다. 염은 장례지도사의 주도하에 이루어졌고, 그 일련의 과정들을 창문 너머로 볼 수 있었다. 사실 몇 년 전, 시아버지가 돌아가셨을 때 염하는 과정들을 보긴 했지만, 도저히 나의 엄마는 볼 자신이 없었다. 드디어 염이 시작되고……. 다들 경건한 마음으로 그 과정을 지켜보고 있었다. 난 가슴이 터질 것만 같았다. 보고 싶지 않았지만, 엄마의 마지막 모습이기에 봐야만 했던 그 당시 심정은, 뭐랄까? 내 심장을 도려내고 싶을 정도로 잔인하게 괴로웠다고 할까? 주체할 수 없이 눈물이 쏟아졌고, 스스로를 통제할 수 없어서 부르르 떨기를 여러 번 반복했다.

이 세상에 단 하나밖에 없는, 그토록 그리운 나의 엄마가 하얀 천으로 온몸이 칭칭 감긴 채 좁고 어두운 저 관으로 들어가야 한다니 그야말로 억장이 무너질 일이었다. 그때 장례지도사가 손짓을 하며 안으로 들어오라고 했다. 그러니까 입관 전, 엄마의 모습을 마지막으로 확인하라는 것이었다. 그 순간 난 어찌할 바를 몰라 저만치서 그냥 멍하니 엄마 쪽을 주시하고 있었다. 다른 직계가족들은 염을 마친 엄마의 주변을 빙 돌면서 따뜻한 손길로 어루만져주기도 하고, 조용히 눈물을 흘리면서 애틋한 시선으로 바라봐 주기도 하고, 또 누군가는 마지막으로 한마디를 건네기도 했다.

● ◖◖ 기억의 온도가 전하는 삶의 철학

"부디 저세상에서는 아프지 말고, 행복하게 살아야 해."

　여기에서 쓰러질 수 없었다. 몸과 마음은 그야말로 만신창이였지만 입관식이 끝나는 대로 곧 화장터로 가야 했다. 그렇게 우리 형제들은 슬퍼할 겨를도 없이 다시 화장터로 향했고, 곧 엄마의 육신과도 마지막 작별을 해야 할 시간이 다가왔다. 엄마가 잠들어 있는 관은 활활 타오르는 불길 속으로 서서히 빨려 들어갔고, 남은 가족들은 그 깊은 슬픔을 이제 각자의 몫으로 품어야만 했다. 이 세상에 태어나 감당할 수 없는 슬픔의 깊이를 처음으로 맞닥뜨린 난 세상이 달리 보이기 시작했다. 강해지지 않으면 안 되었다. 나도 두 아이의 엄마이고, 또 언젠가는 이 세상과도 영영 이별할 때가 올 테니까……

　시간이 얼마나 흘렀을까? 엄마의 육신이 거의 소멸할 때쯤, 타이머의 남은 시간이 눈에 들어왔다. 마음이 급했다. 행여나 '무' 상태에 이를까 싶어 엄마의 얼굴, 엄마의 손, 엄마와의 추억들을 꼭 붙들고 있었다. 가슴이 뻥 뚫린 듯 공허했다. 이제는 엄마를 볼 수도, 만질 수도 없다는 생각에 마음 둘 곳이 없었다. 차라리 이럴 줄 알았으면 엄마를 죽도록 미워할 걸. 이렇게 숨도 못 쉴 정도로 공허할 거라면 차라리 엄마와 원수처럼 지낼 걸. 다 부질없는 짓이었다. 엄마는 이제 내 곁에 없고, 오로지 내 마음속에서만 존재하게 될 테니까. 그렇게 엄마의 모습은 완전히 사라졌고, 남은 거라곤 한 줌의 재가 전부였다.

아니, 철심도 있었다. 엄마가 고관절 수술을 할 때 철심을 박아 넣었던 것이 그대로 재와 함께 섞여 나온 것이다. 그 순간, 또 오열했다. 가슴을 갈기갈기 찢으며 상상조차 못 할 정도의 고통이 뒤따랐다. 나를 낳고 길러주신 엄마를 저세상으로 떠나보낸다는 것! 그것은 무엇으로도 형언할 수 없는 한없는 슬픔이었다. 그 슬픔 속에서 헤어 나오기까지 난 꽤 오랜 시간이 걸렸다. 지금도 간혹 엄마 생각에 눈물이 왈칵 쏟아질 때가 있다. 살아생전, 좀 더 잘해드릴걸. 없는 애교라도 떨면서 행복하게 해 드릴걸. 굳이 하지 말라는 것, 절대로 안 할걸.

엄마를 떠나보낸 그해 여름, 난 너무도 춥고, 아팠다.

기억의 온도가 전하는 삶의 철학

가까운 사람이 죽을 때마다 느끼는 깊은 고통은
오직 그 사람만이 갖고 있던 형언할 수 없는 무언가가
세상에서 완전히 사라졌다는 느낌으로부터 나온다.

* * *

쇼펜하우어

수의에는 호주머니가 달려있지 않다.

* * *

동유럽 유대인 격언

잘 보낸 하루가 행복한 잠을 가져 오듯이
잘 산 인생은 행복한 죽음을 가져온다.

* * *

레오나르도 다빈치

죽음은 사람을 슬프게 한다.
삶의 3분의 1을 잠으로 보내면서도.

* * *

바이런

시월드 속의 이방인

"엄마, 명절 때마다 할머니 집에 가면 엄마와 작은엄마의 모습이 되게 이상해."

"왜?"

"꼭 하인 같아."

"……."

명절 연휴가 끝나고 나면 늘 그렇듯, 친한 엄마들과의 모임이 이어지곤 한다. 그때는 대부분 명절을 지낸 며느리로서의 입담들이 만만치 않다. 그중 한 지인은 옆에서 듣기에도 그 분노가 끓어오를 정도로 시댁 속 며느리의 비참함이 온몸으로 느껴진다. 위 대화 내용은 그 지인의 딸이 명절 때마다 할머니 댁에서 바라본 엄마와 작은엄마의 모습을 있는 그대로 표현한 말이다. 하인! 사전을 찾아보니 남의 집에 매여 일을 하는 사람으로 나와 있다. 그러니까 그 지인은 명절 때마다 아들의 부인이자 손주의 엄마임에도 불구하고 남의 집에 매여 하인처럼 일을 했다는 것이다. 그렇다면 그러한 시댁 문화를 과연 누가 만들었을까 싶다. 솔직히 나도 며느리지만 유교적 입장에서 볼 때 며느리의 시댁에서의 위치는 그야말로 약자이다.

늘 최선을 다해 일하지만 뒤돌아서면 허탈함과 소외감, 그리고 나 스스로에 대한 비참함이 밀려드는 건 왜일까? 게다가 비합리적인 일에 대한 압박감과 부담감으로 인한 정신적 고통은……. 물론 시댁에 대한 며느리들의 생각이 다 그렇지는 않다. 그래서 시댁과의 갈등이 없는 몇몇 며느리들의 얘기를 들어 봤다. 한 예로 어떤 지인은 추석과 설날 두 명절을 남편과 동등하게 지낸다고 한다. 그러니까 설날은 시댁에 먼저 가고, 추석은 친정에 먼저 가는 식으로 말이다. 게다가 그 지인은 며느리임에도 불구하고 시댁에 대한 압박감이 전혀 없다고 한다. 이유인즉, 시댁 어르신들이 아들과 며느리에게 부담을 전혀 주지 않는 데다가 아들과 며느리 또한 그냥 편하게 도와드리는 입장이기 때문이다.

또한 며느리로서 시어머니를 편하게 생각하고, 좋아하는 이유를 알아보니 몇몇 공통점이 있었다. 그것은 다름 아닌, 시댁 어르신들의 며느리에 대한 인식이다. 한 가정의 부인으로서, 엄마로서 힘들게 살아가는 며느리에 대한 애틋함이 진정으로 묻어날 때 며느리는 시댁에 대한 보여주기식의 형식이 아닌 진정한 마음으로 다가갈 수 있다는 것이다. 그리고 대부분의 며느리들이 경악할 정도로 부담스러워하는 안부 전화도 마찬가지다. 어르신들은 자주 전화해주기를 바라지만 며느리 입장에서는 하루하루 바쁜 게 사실이다. 물론 급한 일이 있다거나 마음이 우러나면 그리 문제될 일은 아니다. 하지만 우러나지도 않는데, 강요하는 것은 오히려 서로 간의 관계에 찬물을 끼얹는 것과 같다. 그야말로 족쇄다.

모든 관계가 다 마찬가지겠지만, 진정성이 없는 형식적인 관계는 오래가지 못한다. 그리고 그 관계 속에서 분노와 갈등이 끊임없이 솟구쳐 결국 영혼을 파괴하기도 한다.

위에서 언급한 하인 같다던 그 지인은 엄마들과의 대화에서도 늘 시어머니에 대한 분노로 가득 차 있었다. 그도 그럴 것이 결혼 이후로 줄곧 마음의 상처만 받고 살아왔던 것이다. 결혼 초, 시댁에 가면 마치 시월드 속 이방인처럼 소외감과 모멸감을 느꼈고,

심지어는 몇몇 시댁 식구들이 모인 자리에서 시어머니가 갓 낳은 손주, 그러니까 자신이 낳은 첫째 아이에게 젖을 물리는, 도저히 납득할 수 없는 행동을 보이기도 했다는 것이다. 그 순간, 소름이 쫙 끼치면서 시댁에서의 자신의 존재를 다시 한번 생각해 보았다고 한다. 그 이후로도 빠듯한 생활비를 쪼개 용돈을 드리면 감사한 마음이 전혀 없이 당연하게 받아들이는 것은 물론이고, 자식들을 서로 비교해 가며 더 잘하도록 부추기는 일도 서슴지 않았다고 한다. 그야말로 자식 장사다.

그러니 삶이 우울해지고, 하루하루 숨이 막히는 것은 당연한 일일 수밖에 없는 것이다. 솔직히 그 얘기를 듣고 생각한 것은 그 시어머니의 자식에 대한 가치관이었다. 아들과 며느리가 보는 앞에서 손주에게 젖을 물렸다는 것은 자식을 존중하는 마음이 전혀 없었다는 것이고, 자식들을 서로 비교했다는 것은 결국 자신의 욕심을 위해 효도를 강요한 것과 같은 것이다. 또한 매번 빠듯한 생활비를 쪼개서 용돈을 드렸는데도 불구하고 감사함이 전혀 없이 당연하게 받아들였다는 것은 한편으로 애써 키운 자식에 대한 보상이라고 생각했기 때문이다. 하지만 무언가가 크게 잘못됐다. 분명 자식은 삶을 선택하지 않았다. 오히려 부모가 그 자식의 삶을 선택했기에 언젠가는 엄청난 후폭풍을 감당해야 할 것이다.

사실상 그 지인은 시댁으로부터 받은 상처가 너무도 크고 깊었다. 내가 굳이 그 지인의 상처를 하나하나 끄집어내어 파헤치는 이유는, 이제는 달라져야 하기 때문이다. 지금도 시댁으로부터 받은 상처로 인해 고통 속에서 살아가는 며느리들이 상당히 많다. 분명 잘못된 것은 바로잡아야 한다. 우리 아이들이 어른이 됐을 때, 이 같은 억울함이 다시 대물림되지 않기 위해서라도 지금 당장 사고의 전환이 필요하다.

그 지인은 평생 시댁에 대한 트라우마에서 벗어나지 못할 것 같다고 한다. 그 이유는 결혼 초부터 자신의 의지와는 상관없이 계속해서 제사를 강요받았고, 시댁과의 거리에서 느껴졌던 마음의 부담감, 우러나지 않는 안부 전화에 대한 압박감, 툭툭 내뱉는 시어머니의 말에서 느껴진 모멸감, 며느리에게 가해지는 무모한 책임감, 끝이 없는 최선, 시댁으로 인해 남편과 무너진 신뢰 등 행복한 가정을 꿈꾸기에는 너무도 많은 정신적 압박감이 자리 잡고 있기 때문이다. 어찌 보면 참으로 무서운 일이다. 한 가정을 책임지는 것도 무척이나 힘든데, 주변에서 도움을 주기는커녕 오히려 그 가정에 불화를 가중시키는 꼴이니 뭐가 잘못되어도 크게 잘못됐다는 생각이 든다.

시월드 속의 이방인! 지금으로부터 10여 년 전이다. 네 명의 딸과 한 명의 막내아들이 있었던 어느 어르신의 댁에 방문한 적이 있었다. 그 어르신은 결혼한 막내아들과 함께 살고 있었고, 그 옆에는 늘 웃는 표정으로 반겨주는 며느리가 있었다. 난 그녀에게 그냥 '언니'라고 칭하곤 했다. 그만큼 나이 차이도 크지 않았고, 편하게 대해 주었기 때문이다. 여하튼 무슨 일이 있어서 그 어르신의 댁에 가면 늘 북적거렸다. 네 명의 딸과 딸린 가족들까지⋯⋯. 그런데 매번 웃는 표정으로 반겨주던 그 언니가 언젠가 구석진 곳에서 눈시울을 붉히며 툭 하고 내뱉은 말이 있었다. "모르는 소리 하지도 마세요."라고. 그전에 네 명의 딸들이 그 언니를 향해 이런 얘기들을 자주 하곤 했다. "올케는 항상 상냥하고, 일도 얼마나 야무지게 잘하는지 몰라."

참으로 부담스러운 말이다. 이후 그 어르신은 세상을 떠났고, 그 막내아들과 언니는 아예 가족들과 소식을 끊었다고 한다. 사실 그 얘기를 듣고 많은 생각이 스쳐 지나갔다. 그 당시 너무도 상냥했던 그 언니, 그런데 그 이면에는 분노에 찬 감정이 서려 있었다. 그리고 그 분노는 결국 관계 회복이 아닌 관계 차단으로 끝이 나고 만 것이다. 후유! 씁쓸했다. 그렇다면, 과연⋯ 나의 시월드는 어떨까?

.

"엄마, 나는 사회적 약자에게 대하는 태도를 보면
그 사람이 보여."

* * *

우리 집의 첫째 딸아이

권력이 커지면 커질수록 그 남용은 더욱 위험하다.

* * *

에드먼드 버크

아랫사람에게 조금도 신경을 쓰지 않는 사람이
손윗사람에게는 몹시 신경을 쓰는 법이다.

* * *

이반 투르게네프

우리는, 두렵건대, 권력을 위대함과 혼동하고 있다.

* * *

스튜어트 리 우달

권력의 큰 비밀은 성취할 수 있는 것보다
절대 더 많이 하려고 하지 않는 것이다.

* * *

헨릭 입센

자유를 사랑하는 것은 타인을 사랑하는 것이다.
권력을 사랑하는 것은 자신을 사랑하는 것이다.

* * *

윌리엄 해즐릿

권위에 무턱대고 복종하는 일은 진실의 가장 큰 적이다.

* * *

페렌츠 다비드

감시자는 누가 감시하는가?

* * *

유베날리스

자식은 많지만 권력이 없는 것은
사람에게 제일 쓰라린 고통이다.

* * *

헤로도토스

아무리 부자나 유명인, 권력가가 된들,
죽고 나면 당신의 장례식 참석자 수는 날씨에 따라 다를 것이다.

* * *

마이클 프리처드

권력이란 그것을 어떻게 무책임하게 남용하지 않고,
책임감 있게 사용할 수 있는지, 권력자가 대중을 이용하기보다는
대중을 위하여 살게 할 것인가의 문제이다.

* * *

존 F. 케네디

역경을 참아내는 자는 많지만, 경멸을 참아내는 사람은 많지 않다.

* * *

토마스 풀러

등이 휠 것 같은 삶의 무게

⋮

"왜 그래? 지금 우는 거야?"

어디선가 흐느끼는 소리가 들려왔다. 자정을 넘어 새벽으로 향하던 시각이었다. 그 당시 초등학교 저학년이었던 두 녀석은 엄마인 나와 떨어져 자는 것을 원치 않았기에 거실로 나와 모두 함께 잠을 자곤 했다. 첫째 딸아이는 나의 오른편에, 둘째 녀석은 나의 왼편에 누워서 잠을 잤고, 남편은 우리 셋의 머리맡에 가로로 이불을 깔고 잤다. 그때 난 남편에게 농담 삼아 "우리 셋을 지켜주는 우산이 되어줘."라고 말하곤 했다. 그리고 늘 그렇듯 남편은 조용하고 낮은 톤으로 동요를 부르기 시작했고, 아이들은 그런 아빠의 노랫소리에 편안함을 느껴서인지 이내 스르르 잠이 들었다. 그러던 어느 날, 모두가 잠든 거실의 적막함을 깨고 베란다 창틀 쪽, 그러니까 남편이 잠든 곳과 가장 근접한 위치에서 흐느끼는 소리가 들려왔다.

두 녀석은 깊이 잠들어 있었고, 난 살며시 눈을 떠 소리가 나는 쪽을 바라보았다. 그런데 남편이 베란다 창틀 쪽을 향해 앉아서 코를 훌쩍이는 듯, 묘한 소리를 내고 있는 게 아닌가! 분명 콧물이 나와서, 콧구멍이 간지러워서 내는 소리는 아니었다. 우는 듯, 흐느끼는 소리였다. 그 순간, 난 불안한 마음에 왜 그러냐고 물었고, 이에 남편은 "아무것도 아냐."라고 하면서 다시 힘없이 눕는 것이었다. 분명 눈물을 훔치는 것을 봤는데……. 사실 그럴 만도 했다. 그 당시 남편에게 처한 상황은 암담함 그 자체였다. 다니던 직장을 그만두고, 이제는 홀로서기를 해야 할 상황에서 오롯이 한 가정을 책임져야 하는 가장이었으니까.

매달 지출되는 생활비, 교육비에 각종 세금, 공과금, 차 유지비, 보험료 등등 그냥 숨만 쉬어도 빠져나가는 돈 때문에 당장이라도 일을 하지 않으면 그나마 있는 돈마저 순식간에 바닥이 날지도 모를 일이었다. 그런데 그 당시 남편은 회사에서 받은 퇴직금과 일부 사비를 탈탈 털어 회사와 연계된 사업체를 하나 꾸린 상태였고, 이후 회사로부터 승인이 떨어지기만을 기다리고 있는 상황에서 한 달, 두 달, 석 달……. 그렇게 여섯 달째가 다 되어가고 있었다. 그때 알았다. 수입이 전혀 없는 상태에서 네 식구가 6개월 동안 살다 보면 어떤 일이 벌어지는지. 물론 당분간 쓸 여유 자금은 비축해 놓은 상태였다. 다만, 매달 지출되는 돈이 6개월 동안 지속되다 보니 그 여유 자금도 순식간에 바닥이 나고 만 것이다. 따라서 매달 꾸준히 벌어들이는 수입이 없다면 삶 자체가 고통일 수밖에 없다.

여하튼 회사로부터 사업 승인이 떨어지기 전까지 하루하루의 삶은 그야말로 고통의 연속이었다. 딱히 그 시기가 정해진 것도 아니었기에 기약 없는 기다림으로 하루하루를 버텨내야만 했고, 여유 자금에서 매달 빠져나가는 금액 또한 상당했기에 미래에 대한 불안감도 더해만 갔다. 게다가 사업이 진행되더라도 잘 되리라는 보장 또한 없었다. 그렇게 한 가정의 가장이었던 남편은 등이 휠 것 같은 삶의 무게를 오롯이 혼자 감당해 내고 있었다. 그리고 그날은 너무 힘에 부친 나머지 참았던 눈물이 터져 나온 것이다. 그 모습을 지켜본 나 역시 한 가정을 책임져야 하는 부모로서 그 삶의 무게를 통감할 수 있었기에 아무 말도 할 수가 없었다. 다만, 남편의 축 처진 어깨를 다독이며 한마디 건넸다.

●●((기억의 온도가 전하는 삶의 철학

"걱정하지 마. 다 잘될 거야."

그렇게 약 6개월을 버텨내는 동안 통장의 잔고는 거의 바닥을 드러내기 시작했고, 결국 우리 가정에도 모든 게 꽁꽁 얼어붙는 추운 겨울이 찾아오고야 말았다. 남편의 점심 식사를 위해 매일같이 꼭두새벽부터 일어나 도시락을 싸야 했고, 즐거움의 하나였던 가족 외식도 집밥으로 대체해야 했으며, 매달 빠져나가는 보험료에 대한 부담을 줄이기 위해서라도 중도 해약을 할 수밖에 없었다. 게다가 꼭 필요한 생활비, 교육비에서조차도 최대한 허리띠를 졸라매야만 했다. 지금 생각해 보면 그 당시, 아이들이 어렸기에 망정이지 지금처럼 매달 거의 천문학적으로 돈이 들어가는 고등학생이었으면 과연 그 시기를 어떻게 버텨냈을까 싶다. 그 누가 돈이 없어도 행복할 수 있다고 했던가! 적어도 아이들을 키우는 부모 입장에서는 돈이 없으면 결코 행복도 없다.

그러던 어느 날이었다. 드디어 사업 승인이 떨어졌다. 남편이 회사에서 퇴직한 지 여섯 달째를 넘어서 일곱 달째로 향하던 시기였다. 통장에는 잔고도 거의 없었고, 몸과 마음은 지칠 대로 지쳐 있었던 상황이었다. 그런데 가뭄에 단비라도 내려준 것일까? 쩍쩍 갈라진 메마른 마음속에 촉촉하게 희망이 스며들기 시작했다.

그렇게 남편은 매달 월급을 받던 샐러리맨에서 스스로의 사업을 일구는 사업가로 변모해 나갔다. 참으로 부지런하고 성실했다. 늘 입버릇처럼 처자식을 먹여 살려야 한다면서 꼭두새벽부터 나가 밤 9시까지 일을 했고, 개인 사업체이다 보니 오롯이 혼자의 힘으로 밑바닥부터 쌓아 올라가야만 했다. 모든 사업들이 마찬가지겠지만 수많은 시행착오가 있게 마련이고, 그 과정에서 대인관계, 성실함, 능력, 체력, 순발력, 영업력, 자금력, 나아가 운도 크게 작용한다고 볼 수 있다.

남편은 욕심부리지 않고, 차분하게 하나하나 추진해 나갔다. 하지만 한편으로는 사업을 제대로 할 수 있을지 은근히 걱정도 됐다. 사실상 남편은 직장 생활을 할 때, 처세술이라든지 소극적인 성향 때문에 인사고과에서 불이익을 당한 적이 꽤 있었다. 그러한 부분들이 사업에도 크게 영향을 미치지 않을까 생각했지만, 그것은 한낱 기우에 불과했다. 사업을 추진해 나가는 과정에 있어서 회사 생활과 개인 사업은 전혀 별개였다. 같은 사람이지만 직장 생활에서의 모습과 사업가로서의 모습이 전혀 다르다는 사실이다. 직장 생활을 할 때는 어느 한 가지 분야에서만 일을 하다가 사업을 시작하면서부터는 모든 업무를 혼자 해야 했기 때문에 처세술이라든지 소극적인 성향은 충분히 바뀔 수 있는 부분이었다.

●●《《 기억의 온도가 전하는 삶의 철학

여하튼, 사업을 시작하면서 몇 차례 위기는 있었지만, 남편은 지금까지도 회사를 잘 꾸려나가고 있다. 20여 년 동안 다니던 회사에서 퇴직할 당시만 해도 참으로 암담했었다. 앞으로 어떻게 살아야 할지, 두 아이는 어떻게 키워야 할지 그 누구에게도 말하지 못하는 심정은 오롯이 우리 부부만의 몫이었다. 만약 서로 간의 믿음이 없었다면 지금 여기까지 올 수 있었을까? 난 그렇게 생각한다. 부부는 사랑보다는 믿음을 전제로 한 의리로써 가정을 지켜낼 수 있는 거라고…….. 그만큼 한 가정을 끝까지 책임진다는 것은 무척 힘든 일이고, 그 일을 해내는 부모들은 위대한 사람들이다. 지금도 생각난다. 남편은 그 당시 내가 충격을 받을까 봐 자신의 퇴직 사실을 숨긴 채 사업 준비를 해나가고 있었고, 그 과정에서 난 아무것도 모른 채 제삼자로부터 전화 한 통을 받았다.

"○○ 엄마, 남편분 퇴직 사실 알고 있어?"

순간, 마음이 꽁꽁 얼어붙긴 했지만 그다지 문제가 되지는 않았다.

시련이란 진리로 통하는 으뜸가는 길이다.

. . .

바이런

꿈은 불만에서 생겨난다. 만족하는 사람은 꿈을 꾸지 않는다.
사람은 어느 곳에서 꿈을 꾸는가?
배고프고 추운 곳이나 병원, 또는 감옥에서 사람은 꿈을 꾼다.

. . .

앙리 드 몽테를랑

우리를 시시각각으로 괴롭히는 수많은 크고 작은 불행은
우리를 연마해서 커다란 불행에도 견딜 수 있는 힘을 양성해 주며,
행복하게 된 후에도 마음이 흔들리지 않도록
단결케 하는 사명을 가지고 있다.

. . .

쇼펜하우어

사람들이 역경에 처했을 때는 자신을 둘러싼 환경 하나하나가
모두 불리한 것으로 생각된다.
그러나 사실은 그것들이 몸과 마음의 병을 고치는 힘과 약이다.
약이 몸에 쓰듯이 역경은 잠시 몸에 괴롭고 마음에 쓰지만,
그것을 참고 잘 다스리면 많은 이로움을 얻을 수 있다.

. . .

채근담

우리 삶에 만일 겨울이 없다면
봄은 그다지 즐겁지 않을 것이다.
만일 우리가 때때로 역경을 경험하지 못한다면
번영은 그리 환영받지 못할 것이다.

‥‥

앤 브래드스트리트

고통은 깨달음을 준다.
고통이 없다면 우리는 성장할 수 없다.
고통과 슬픔을 경험한 후에 우리는 진리 하나를 얻는다.
만약 지금 당신에게 슬픔이 찾아왔다면 기쁘게 맞이하고
마음속으로 공부할 준비를 갖추어라.
그러면 슬픔은 어느새 기쁨으로 바뀌고
고통은 즐거움으로 바뀔 것이다.

‥‥

톨스토이

방문 밖, 그 잔인한 기다림

:

"나가세요."

문을 열 수가 없었다. 지금도 문을 여는 게 그리 쉽지만은 않다. 우리 집엔 방문이 3개다. 하지만 1개의 방문은 거의 닫혀있다. 한 치의 문틈도 허용하지 않는 그 꽉 닫힌 방문은 인색하기 그지없다. 혹여, 그 방에 볼일, 그러니까 청소를 해야 한다든지, 음식을 전해줘야 한다든지, 물건 등을 꺼내 와야 할 때는 '똑똑똑' 노크를 3번 한 후, 그것도 조심스럽게 눈치를 살피면서 들어가야 한다. 도대체 그 안에서는 무슨 일이 일어나는지 도통 알 수가 없다. 바로 문 앞에 서서 귀를 기울여도 아무런 소리가 들리지 않는다. 간혹 누군가의 실수로 문틈이 조금이라도 생기면 그 틈을 이용해 슬쩍 엿보곤 하는데……. 문 바로 옆, 헬스 자전거 위에서 땀을 뻘뻘 흘리며 페달을 돌리고 있는 아이는 나의 시선이 느껴져서인지 금세 문을 확 닫아버린다. 아무래도 요즘, 살 빼는 재미에 푹 빠져 있는 듯하다.

그도 그럴 것이 불과 2개월 전까지만 해도 꽉 끼었던 옷들이 헐거워지고, 보름달 같았던 얼굴에 턱선이 살아나고, 짧았던 목이 길어지고, 도톰했던 손가락이 가늘어지고, 축 처져있었던 배가 들어가고, 펑퍼짐했던 엉덩이가 작아지는데, 그 어찌 살 빼는 재미에 푹 빠지지 않을 수 있겠는가! 그래도 요즘 운동, 다이어트는 물론 영어, 수학 학원까지 다니는 것을 보면 실로 놀라운 발전이 아닐 수 없다. 물론 고등학교 진학을 바로 코앞에 두고 있는 상황에서 공부보다는 외모에 더 신경을 쓰는 것이 다소 걱정스럽긴 하지만 예전에 비하면 그런 걱정도 사치라는 생각이 든다.

우리 집 둘째 녀석은 그렇게 지난 3년 동안을 어둡고 눅눅한 자신만의 동굴 속에서 지내왔다. 그리고 가족들은 그 동굴 밖에서 아이 스스로 문을 박차고 나오기만을 오매불망 기다렸다. 그 3년이라는 시간은 나에게 있어서 30년과도 같은 기나긴 시간이었다.

초등학교 졸업 후 중학교에 입학한 둘째 녀석은 친구들과 잘 어울리면서 학교생활도 비교적 잘 적응해 나가는 듯 보였다. 그러던 어느 날, 느닷없이 아들이 학교 폭력의 피해자라고 연락이 온 것이다. 사실상 믿기지 않았다. 왜냐하면 둘째 녀석의 경우, 워낙 자기주장도 강한데다가 기질적으로도 센 편이었기 때문에 같은 또래 집단에서 절대로 피해 볼 아이는 아니라고 판단해서다. 그런데 같은 학교 선배들과 연결이 되는 바람에 후배인 아들 녀석이 피해를 볼 수밖에 없는 구조였다. 그 뒤로 아이의 행동이 이상해졌다. 하교 후 집에 오면 곧바로 자기 방으로 들어가 나오지 않았다. 답답한 나머지 뭔가 대화를 시도해 보려고 해도 아이의 입은 늘 굳게 닫혀있었다.

하루하루 숨이 막히듯 답답했다. 그나마 꾸준히 해오던 공부 습관이 한순간에 와르르 무너지기 시작하면서 점차 게임의 세계로 빠져들었다. 늘 그렇듯 하교 후 집에 오면 푸짐하게 간식을 먹고, 푹 낮잠을 자고, 그다음은 게임의 세계로 흠뻑 빠져들어 가는 식이었다. 게다가 중1을 제외한 중2, 중3 때는 장기화된 코로나로 인해 일상이 완전히 무너져 버렸다. 대부분 집콕 생활을 하면서 그나마 다니던 학원들도 다 끊고, 오로지 게임만 하면서 하루를 보내곤 했다. 아무런 의지도, 아무런 희망도 없는 현실 세계에

기억의 온도가 전하는 삶의 철학

서 도피할 수 있는 곳은 오로지 가상의 세계인 게임밖에 없었던 것이다.

정말 무서웠던 것은 게임의 세계로 빠져들면서 자신의 몸과 마음이 어떻게 변화되는지조차 인식하지 못한다는 사실이다. 늘 닫혀있었던 문이 열릴 때면 하루가 다르게 살이 쪄 있었고, 가족들을 대하는 말투나 행동 역시 점점 더 난폭해져 갔다. 한 예로 오랜 시간 동안 게임에 빠져 있었던 지인의 아들은 게임을 못 하도록 설정해 놓은 것에 불만을 품고 골프채로 엄마를 때리려고 했다는 것이다. 그때 아들의 눈빛에서 광기 어린 살기를 느꼈고, 순간 엄마의 마음이 완전히 무너져 내렸다고 한다. 게임 중독! 정말 심각한 일이다. 대부분의 엄마들 역시 게임 때문에 아이들이 망가져 간다고 하소연한다.

둘째 녀석도 예외는 아니었다. 모든 것의 중심이 게임이었고, 다른 것들은 전혀 중요하지 않았다. 그러다 보니 자신을 둘러싼 모든 것, 즉 인성, 공부 습관, 생활 습관, 가족 관계 등이 철저하게 망가져 갔고, 그런 자신을 인식하지 못한 채 하루하루 피폐한 삶을 살아가고 있었다. 게다가 북한도 무서워서 못 쳐들어온다는 중2병에 무시무시한 사춘기, 그리고 코로나 팬데믹까지…… 마치 엄청난 위력의 태풍이 한순간에 모든 것을 앗아간 느낌이라고 할까? 혹독하고, 매섭고, 까마득했다. 늘 닫혀있었던 그 방에서는 종일, 아니 다음 날 새벽까지 광기 어린 게임 소리가 집안을 갈기갈기 찢었고, 이에 아무것도 할 수 없었던 난 그저 가슴을 쓸어내리며 그 소리, 그 잔인한 소리가 멈추기만을 기다리는 수밖에 없었다.

그렇게 지내 온 3년의 세월. 지금은 그 꽉 잠겨있던 방문의 틈이 조금씩 벌어지고 있다. 가끔은 문을 박차고 나오면서 "엄마, 이 옷 어때요?" 하고 물어보기도 하지만 여전히 그 문은 인색하다. 아마도 좀 더 시간이 지나면 그 문도 너그럽게 변하지 않을까 싶다. 이제 "나가세요."라는 그 잔인한 말은 듣고 싶지 않다. 사실 그 말은 6년 전에도 첫째 딸아이에게서 들었던 얘기다. 그때도 엄마인 나와 이런저런 문제로 승강이를 벌이고 나면 자신의 방문을 "쾅" 닫고 들어가 버렸다. 그리고 그 방으로 들어가려는 나를 향해 한마디 툭 내뱉곤 했다.

"나가세요."

그것이 바로 사춘기의 시작이었다. 각 방과 통하는 거실 그리고 거실과 방의 경계를 이루는 방문! 그 누구에게도 간섭받고 싶지 않았던 것일까? 그래서 자신만의 아늑한 동굴이 필요했던 것일까? 첫째 딸아이의 방문 역시 꽤 오랜 시간 동안 닫혀있었고, 그 안에서 무슨 일이 벌어지는지 전혀 알 수가 없었다. '내가 뭘 잘못했지?' 굳게 닫힌 방문을 바라보며 매번 죄책감에 시달려야 했고, 도대체 무엇을 어떻게 풀어나가야 할지 그저 막막하기만 했다. 날카로운 눈빛과 반항적인 말투, 그리고 부모를 무시하는 행동들……. 애써 아무렇지 않은 척했지만, 마음속엔 늘 한기가 서렸다. 그렇게 약 1년 동안 딸아이의 방문 밖에서 하염없이 기다려야 했고, 이어 둘째 녀석의 방문도 굳게 닫혔다. 그리고 난 3년의 세월을 더 기다려야만 했다.

너무 춥고 답답했다. 끝이 보이지 않는 그 기나긴 기다림 속에서 이젠 내가 그 사춘기들에게 말하고 싶다.

"나가세요. 영원히…"

기다린다는 것은 아름답고도 슬픈 것이다.

그것은 하나의 부조리다.

희망과 절망, 권태와 기대….

설레는 희열이 있는가 하면 어둡고 답답한 환멸이 있다.

서로 모순 하는 생의 기도 속에서 기다림의 꽃은 핀다.

...

이어령

프라이팬에 붙은 음식 찌꺼기를 떼어내기 위해서는

물을 붓고 그냥 기다리면 됩니다.

아픈 상처 역시 억지로 떼어내려고 하지 마십시오.

그냥 마음의 프라이팬에 시간이라는 물을 붓고 기다리십시오.

...

혜민 스님

"어른들은 누구나 처음엔 어린아이였지.

그러나 그것을 기억하는 어른은 별로 없어."

...

어린왕자 중에서

어른이 된다는 것은 사춘기로부터의 일시적 휴식에 불과하다.

...

줄스 파이퍼

입시 지옥철을 탄 가족

.
.
.

"쉿!"

언제부터인가 퇴근하고 돌아온 남편이 문밖에서 비밀번호를 누르고 문을 열어젖히려고 하면 그 즉시 현관 앞으로 달려 나가 "쉿!" 하고 검지를 입에 갖다 대곤 했다. 행여나 고등학생인 딸아이에게 피해가 갈까 싶어 미리 선수를 치는 행동이라고 할까? 그 시각, 자칫 딸아이가 학원에 가기 전, 잠깐 잠을 청할 수도 있고, 아니면 줌 수업 강행군에 돌입하고 있을 수도 있어 조용한 분위기를 깨지 않기 위한 남편의 입막음은 필수였다. 사실 대학이라는 커다란 관문을 앞둔 딸아이로서는 신경이 몹시 예민해져 있어서 혹여 나나 남편으로 인해 공부에 지장이 생길 경우, 그 탓은 고스란히 부모의 몫이 되고 만다.

지금 우리 집 분위기는 살벌할 정도로 조용하다. 남편과 나는 대화를 나눌 때도 거의 속삭이듯 한다. 물론 어느 순간 목소리 수위가 기본 범위를 벗어날 때도 있지만 그때마다 얼른 알아차리고 다시 조용한 분위기를 조성하곤 한다. 그런데 문제는 둘째 녀석이 한창 사춘기로 반항할 때였다. 특히 단체 게임으로 인해 우레 같은 고함이 터져 나올 때면 가슴이 철렁 내려앉곤 했다. 그때마다 마음을 진정시킨 뒤 되도록 조용한 목소리로 타이르곤 했는데, 헤드폰을 끼고 있어서 그런지 오히려 더 큰 목소리로 윽박지르는 것이었다. 정말이지 난감했다. 공부해야 할 시기인 첫째 딸아이와 극심한 사춘기인 둘째 녀석 사이에서 이러지도 저러지도 못했다.

심지어는 가족 싸움으로까지 번지곤 했는데……. 어느 날, 내신 시험 기간이었던 딸아이가 새벽 2시까지 공부를 하고 있었다. 그리고 둘째 녀석 역시 그 시간까지 신나게 그룹 게임을 하고 있었는데, 워낙 시끄럽게 떠드는 바람에 딸아이가 분에 겨워 엄마인 나에게 하소연을 하러 온 것이다. 그때 난 잠결에 둘째 녀석에게 호되게 야단을 쳤고, 그 사이에 딸아이는 자신의 방문을 "쾅" 닫고 들어가 버렸다. 북한도 무서워서 못 쳐들어온다는 중2, 그것도 그

룸 게임에 푹 빠져 있는 사내 녀석을 방해한 대가는 그야말로 공포 그 자체였다. 그 시각, 대부분의 집들은 불이 꺼져 있는데, 우리 집만 환하게 불을 밝힌 전쟁터로 변해가고 있었다. 둘째 녀석은 엄마인 나에게, 딸아이는 동생인 둘째 녀석에게, 나는 쿨쿨 잠만 자는 아이들 아빠에게 고래고래 소리를 지르며 급기야는 가족 싸움으로까지 번지고 만 것이다.

하루하루가 지옥 같았다. 특히 코로나로 인해 거의 2년 동안을 공부와 사춘기로 찌든 아이들을 지켜보면서 숨 한 번 제대로 쉬지 못했다. 특히 대학을 앞둔 딸아이는 심리적 압박감이 너무 컸고, 그런 아이를 옆에서 지켜보는 부모 역시 창살 없는 감옥의 죄인이나 다름없었다. 아이가 방대한 공부량으로 허우적댈 때, 함께 숨이 막혔고, 늦은 시간까지 공부할 때, 함께 심신이 지쳤고, 내신 등급이 떨어지기라도 하면 함께 가슴이 아팠다. 게다가 딸아이는 월, 화는 야간 학습으로 인해 밤 10시 50분쯤 집에 오고, 다음 날은 학교 셔틀을 타기 위해 6시 35분에 집을 나선다. 그리고 수요일과 목요일은 하교 후 곧바로 학원 수업이 있고, 주말 역시 토, 일 모두 학원 수업 때문에 가족끼리 외식 한번 제대로 할 수 없는 처지다.

그렇다고 학교, 학원만 다니는 게 아니라 학교에서 내주는 숙제, 수행평가는 물론 학원에서 내주는 숙제까지 해야 하는 상황에서 엄마인 난 늘 죄인일 수밖에 없다. 물론 아이들이 공부를 즐길 수만 있다면 부모 마음이 그나마 좀 자유로워지겠지만 입시 위주의 공부가 어디 그리 만만하겠는가! 지금껏 옆에서 쭉 지켜본 결과 "공부가 제일 쉬웠어요."라는 말은 입시를 앞둔 아이들, 아니 모든 학생들 앞에서 절대로 해서는 안 될 말임을 얘기해 주고 싶다. 가뜩이나 치열한 경쟁 속에서 아예 포기해 버리는 일이 발생할 수도 있으니까 말이다. 여하튼 공부하는 아이도 무척 힘들겠지만, 엄마인 나도 마찬가지다. 그 이유는 입시 지옥철을 함께 탄 가족으로서 아이에게 처한 모든 상황을 고스란히 지켜볼 수밖에 없기 때문이다.

따라서 입시를 앞둔 아이의 엄마로서 웬만해서는 해줘야 죄책감이 들지 않는 것들, 즉 차로 픽업해주기, 원하는 것 들어주기, 맛있는 것 해주기, 잠 깨워주기, 긁어주기, 고민 들어주기, 경제적으로 지원해주기, 조용히 해주기, 기분 맞춰주기, 짜증 받아주기 등등 엄마이기에 당연한 것들, 그 당연한 것들이 때론 숨 가쁜 일상에서 더더욱 숨통을 조여오기도 한다.

"여보세요?"

"엄마, 나 망했어⋯."

"⋯⋯."

정오에 조금 못 미친 시각, 핸드폰의 전화벨 소리가 유난히도 다급하게 들려왔다. 그날은 딸아이의 중간고사 시험이 있는 날이었다. 고등학교에서 중국어를 전공하는 딸아이는 시수가 가장 높은 중국어 시험을 망쳤다고 하소연했다. 여기에서 '시수'란 학교에서 행해지는 수업 시간의 수다. 사실 딸아이가 다니는 학교는 학년별 전체 학생 수가 130명이 조금 넘다 보니 1등급이 5명, 2등급이 15명 정도 된다. 따라서 100점 맞은 학생이 5명 이상일 경우엔 1등급 없이 2등급부터 시작인 셈이다. 그나마 딸아이는 중국어에 흥미가 있어서 그런지 그동안 꽤 좋은 성적을 유지해 왔다. 그런데 그날, 애매모호했던 한 문제에 대한 답을 답안지에 작성하지 못한 채 제출해버린 것이다.

그러니까 망했다는 것은 혹시라도 100점이 5명 이상 나오게 될 경우, 1등급 없이 2등급부터 시작이기 때문에 1개를 틀리면 자칫 3등급으로까지 떨어질 수도 있다는 얘기다. 그러니 서로 간의 경쟁이 얼마나 치열하며 또 공부 방법에서도 완벽하지 않으면 그만큼 등급 따기가 무척 힘들 수밖에 없는 것이다. 한 예로 몇 년 전, 명문대에 입학한 지인의 딸은 교과서 전체를 컴퓨터로 워드 작업하면서 몇 번이고 완벽하게 외우는 작업을 했단다. 그런데 너무 많이 되풀이하다 보니 토가 나올 것 같다며 하소연을 했다고 한다. 도대체 얼마나 완벽히 해야 좋은 대학에 갈 수 있는지 부모로서 많은 생각을 하게 만들었다. 혹여, 사랑하는 아이에게 몹쓸 짓을 하고 있는 것은 아닌지…….

난 새벽 1시를 넘기지 못한다. 만약 넘겼다면 그날 하루의 컨디션은 최악이다. 따라서 새벽 1시쯤이면 대부분 잠들어 있는 경우가 많다. 활기찬 내일을 위한 나와의 약속이라 할까? 가능한 한 취침 시간은 어기지 않으려고 노력하는 편이다. 그런데 때때로 새벽 2시가 훌쩍 넘은 시각, 프린터가 있는 내 방에서 출력하는 소리가 들려온다. 순간, 마음이 꽁꽁 얼어붙는다. 아이에게 너무도 미안하지만, 그 시간까지 함께 버텨줄 수 없기에…….

기억의 온도가 전하는 삶의 철학

눈물로 걷는 인생의 길목에서 가장 오래,
가장 멀리 배웅해 주는 사람은 바로 우리의 가족이다.

...

권미경 '아랫목' 중에서

모든 운명은 그것을 인내함으로써 극복해야 한다.

...

프란시스 베이컨

인간은 자기 일생은 자기 자신이 이끌어간다고 생각하고 있다.
그러나 마음 깊숙이 운명이 이끄는 대로
이것에 항거할 수 없는 것을 지니고 있다.

...

괴테

피할 수 없는 것은 포용해 주어야 한다.

...

셰익스피어

인간은 운명의 포로가 아니라 단지 각기 마음의 포로일 뿐이다.

...

프랭클린 D. 루스벨트

가정을 다스리는 것은 온 왕국을 다스리는 것보다
근심이 덜 하지 않다.

...

작자 미상

마음속에 떠다니는 기울어진 배 한 척

:

"아침부터 정말 놀란 분들 많으셨을 거 같은데 다행스러운 소식입니다. 지금 현재 수학여행을 떠났던 단원고의 학생들 338명 전원이 구조됐다는 소식 들어왔다는 것, 다시 한번 전해드립니다."

아뿔싸! 늦었다. 약속 시간 15분 전이었다. 그날, 그러니까 2014년 4월 16일은 모처럼 엄마들 모임이 있던 날이었다. 부랴부랴 아이들을 챙겨서 학교에 보내고, 나 또한 나갈 채비를 서두르고 있었다. 늘 그렇듯 그 시각, TV는 항상 켜져 있었고, 모 방송국의 뉴스 보도가 흘러나오고 있었다. 그때 TV 화면 속에는 커다란 배 한 척이 위태롭게 기울어져 있었고, 그 주변엔 1~2대가량의

헬기만 공중에 떠 있었다. 그렇게 뭐가 뭔지 모르는 상황에서 TV를 끄고 급하게 나가려던 찰나, 아나운서의 멘트가 흘러나온 것이다. 순간 "후유…" 하고 안도의 한숨이 내쉬어지면서 현관문을 나섰다. 그리고 이후 그 엄청난 사건은 나에게 한동안, 아니 지금까지도 잊히지 않는 강한 트라우마를 남겨놓았다.

세월호 사건! 안산 단원고 학생 325명을 포함해 476명의 승객을 태우고 인천에서 출발해 제주도로 향하던 세월호는 2014년 4월 16일 전남 진도군 앞바다에서 급하게 항로를 변경하며 침몰했다. 이에 해경은 구조를 위해 사고 지점으로 향했고, 도착했을 땐 이미 선원들은 없었다. '가만히 있으라'는 방송과 함께 승객들을 버리고 가장 먼저 탈출한 것이다. 배가 완전히 침몰한 이후로는 단 한 명의 구조자도 없었다. 경찰이 수사를 통해 사고 원인을 발표했지만, 참사 발생 원인과 사고 수습 과정 등에 대한 의문은 참사 이후 지금까지도 현재 진행형이다.

끊임없이 눈물이 흘러내렸다. 늘 눈은 퉁퉁 부어 있었고, 눈두덩이 주변이 벌겋게 달아오르면서 몹시도 아려왔다. 가슴이 너무 먹먹해서 숨조차 쉴 수 없었고, 숨이 쉬어지더라도 미안했다. 도대체 어떻게 해야 할지 몰랐다. 아무것도 해줄 수 없었다. 그 모든 상황들을 지켜보면서 분노하고, 가슴을 쓸어내리고, 절규하고, 절망했다. 아! 얼마나 신이 나 있었을까? 적어도 수학 여행길에 오르면서부터 4월 16일 자신이 탄 세월호가 기울어지기 전까지. 나도 고등학교 때 수학여행을 갔던 게 생각난다. 거친 바다를 가르며 질주하는 여객선, 일명 '카페리호'의 갑판 위에 올라가 바닷바람을 쐬며 친구들과 사진도 찍고, 대화도 나누고, 아름다운 주변 경치도 둘러보면서 앞으로의 여정에 한껏 기대감이 차올랐던 그 아련한 추억이⋯⋯.

그런데 그 당시 나와 같은 또래인 세월호를 탄 아이들은 차디찬 바닷속에 있었다. 도저히 있을 수 없는 일이었다. 배는 점점 더 기울어지고, 날은 어두워지기 시작했다. 각 방송사들은 구조하는 상황들을 실시간으로 보도하고 있었고, 그 과정은 그야말로 아수라장이었다. 가까스로 구조된 사람들과 아직 세월호에 갇혀 있는 사람들, 날은 점점 더 어두워지고, 기울어진 세월호는 아예 뒤집히고 있었다. 제발 살아있어 달라고 애원도 해보고, 답답한 마음에 발을 동동 구르며 그저 지켜볼 수밖에 없었던 난 깜깜한 바다 위에 완전히 뒤집힌 세월호를 보면서 오열하고 또 오열했다. 끝없이 펼쳐진 망망대해에 조금 솟아 있던 외로운 배 한 척, 그렇게 그날은 내 가슴속에 잔인하리만큼 시린 겨울의 시작을 알리고 있었다.

기억의 온도가 전하는 삶의 철학

언제쯤 잠이 들었을까? 눈을 뜨자마자 또 눈물이 왈칵 쏟아졌다. 이제 그 바다에는 세월호가 보이지 않았다. 침몰하기 전, 핸드폰에 찍힌 아이들의 해맑은 모습, 대화 소리, 웃음소리가 내 뇌리에서 끊임없이 요동쳤다. 두려웠다. 앞으로 벌어질 일들에 대한 심리적 고통을 어떻게 감당해 낼 수 있을지……. 솔직히 내 마음도 그러할 진데, 하물며 그 가족들의 심정은 어떠할지 감히 상상조차 할 수 없었다. 그저 꿈같았다. 전쟁도 그런 전쟁이 있을까 싶었다. 참담하기 그지없었다. 그 깊은 바닷속에서 잠수부에 의해 아이들의 시신이 하나둘씩 수습되기 시작하면서 수학여행을 가기 전, 가족들의 가슴 아픈 사연들도 공개되어 수많은 사람들의 마음을 울리곤 했다.

지금 우리 집 두 녀석은 고3, 고1이다. 세월호 사건 당시만 해도 초등학교 3학년, 초등학교 1학년이었던 아이들이 벌써 고등학생이 된 것이다. 가끔 지나온 세월을 더듬어 보기 위해 빛바랜 사진들을 꺼내 보곤 하는데, 그때마다 아이들과의 추억이 주마등처럼 스쳐 지나간다. 아이들이 갓난아기 때는 그저 바라만 보고 있어도 경이로웠고, 스스로 기고 일어서는 과정에서는 기쁨을 맛보았고, 옹알이를 하다가 단어, 문장을 구사하면서부터는 부모와 자식 간의 소통에 대한 벅차오름을 느끼곤 했다. 그리고 유치원, 초등학교 때는 점차 사회성을 키워나가는 아이들을 보며 뿌듯함을 느꼈고, 중학교 때는 사춘기로 인해 죽도록 힘들긴 했지만, 고등학교 때 다시 제자리를 찾는 모습을 보며 '삶은 이런 거구나!' 하고 깨달음을 얻기도 했다.

앞으로 두 녀석의 삶은 또 어떤 식으로 펼쳐져 나갈까? 20대, 30대, 40대, 50대……. 부모로서, 엄마로서 그런 자식의 삶을 묵묵히 지켜봐 주고, 또 응원해 주고 싶다. 그런데 세월호 가족들은 그런 소중한 자식을 이제 볼 수도, 만질 수도 없다. 아무리 애타게 목 놓아 불러도 그들은 대답이 없다. 수학여행을 떠나던 날, 어떤 부모는 아이랑 티격태격 말다툼을 벌이기도 하고, 또 어떤 여동생은 수학여행을 떠나기 전 오빠와 심하게 다투기도 했단다. 게다가 수학여행에 가지 말라는 부모의 말을 어기고 기어이 간 학생도 있었고, 그동안 속 한 번 썩이지 않았던 착한 딸도 있었다고 한다. 그뿐이겠는가? 아마도 가정마다 별의별 사연들이 다 있었으리라 감히 짐작해 본다. 여하튼 자식을 키우는 엄마로서 가늠할 수 없는 그 깊은 슬픔에 때때로 눈물이 왈칵 쏟아지곤 한다.

세월호 사건이 터진 지 벌써 8년째가 다 되어간다. 지금도 내 마음속에는 바다 한가운데에 떠 있던 기울어진 배 한 척, 바닷속

기억의 온도가 전하는 삶의 철학

으로 점점 가라앉는 세월호, 팽목항에서 먼바다를 바라보고 있던 어느 아버지의 외로운 뒷모습, 오열하는 가족들의 모습, 사진 속 아이들의 해맑은 모습, 아이들만 없는 빈 교실 등이 선명하게, 아주 선명하게 떠다니고 있다. 지금 그 아이들이 살아있었다면 26살의 꽃다운 청년이 되어 있을 텐데, 그 가족들에게는 영원히 18살, 고등학교 2학년으로 남아 있지 않을까 싶다. 지독하리만큼 처절한 고통 속에서 하루하루를 살아냈을 세월호 가족들에게 조심스레 한마디 건네고 싶다.

"잘 계시지요?"

> **기억의 온도 / 공감이 가는 그들의 말**

진실은 보통 모험에 맞서는 최고의 해명이다.

. . .

에이브러햄 링컨

진실이 우리를 구원하지 못한다면
진실은 우리에 대해 무슨 말을 하겠는가?

. . .

로이스 맥마스터 부욜

역사는 이렇게 기록할 것이다.
사회적 전환기에서 최대의 비극은
악한 사람들의 거친 아우성이 아니라
선한 사람들의 소름 끼치는 침묵이었다고.

• • •

마틴 루터 킹

세상은 악한 일을 행하는 자들에 의해 멸망하는 게 아니고
아무것도 안 하며 그들을 지켜보는 사람들에 의해 멸망할 것이다.

• • •

알버트 아인슈타인

●((기억의 온도가 전하는 삶의 철학

눈 맞춤, 그 마지막 순간까지

:

"심장이 세 배로 커져 있습니다."

"……."

"아무래도 오늘을 넘기기가 쉽지 않을 것 같네요."

"심장사상충인가요?"

결혼한 지 약 1년쯤 지났을까? 그날은 이상하게도 내 마음이 온통 친정집으로 향하고 있었다. 엄마도 그리웠지만 결혼 전, 늘 내 곁을 지켜주던 '쪼롱이'라는 강아지도 무척 보고 싶었기 때문이다. 그냥 보기만 해도 웃음이 절로 나오는 쪼롱이는 퍼그 종이었는데, 워낙 넙죽해서 제대로 숨이나 쉬어질까 은근히 걱정했던 날도 많았다. 그렇게 겸사겸사 엄마도 보고, 쪼롱이도 볼 겸 일

찌감치 서둘러 친정집으로 향했다. 그리고 얼마 후, 친정집에 도착했을 땐, 심장이 멎는 듯했다. 숨을 가쁘게 몰아쉬고 있는 쪼롱이와 그 옆에서 불안한 듯 미음을 먹이고 있는 엄마의 모습이 뭔가 심상치 않게 느껴졌고, 왠지 모를 두려움이 엄습해 오기 시작했다.

그 순간, 난 엄마한테 자초지종에 대해서 물어볼 겨를도 없이 담요로 쪼롱이를 감싼 채 부랴부랴 동물병원으로 향했다. 그 당시만 해도 동물병원이 흔하지 않았던 터라 택시를 타고 약 10분 정도 가야만 했다. 가는 내내 쪼롱이는 축 늘어져 있었고, 여전히 숨을 가쁘게 몰아쉬고 있었다. 이후 동물병원에 도착했을 땐 '심장사상충'이라는 병명과 함께 이미 돌이킬 수 없는 운명의 길로 접어들게 된 것이다. 그때 담당 수의사는 더 이상 가망이 없으니 진통제라도 놓아주겠다고 했고, 남은 시간 동안 옆에서 편안하게 지켜주라고 당부했다. 사실상 심장이 기존의 3배로 커져 있었기 때문에 쪼롱이가 느꼈을 그 고통은 이루 형언할 수 없을 정도로 극심한 상태였을 게다.

심장사상충은 모기를 매개로 하여 전염되는 회충이라고 한다. 보통 작은 실처럼 생긴 기생충이기 때문에 사상충이라고 불리

기억의 온도가 전하는 삶의 철학

는데, 성충은 심장뿐만 아니라 폐동맥에도 존재함으로써 폐혈관과 폐 조직에 손상을 주어 동물의 건강에 큰 영향을 끼친다고 한다. 심지어는 울혈성 심부전으로 죽음에까지 이르게 만드는데, 지금은 이러한 심장사상충을 예방할 수 있는 다양한 약품들도 많이 나와 있고, 모든 단계의 심장사상충, 즉 유충, 감염 유충, 미성숙 성충, 성충을 완전히 제거하고 치료 후 합병증을 최소화하는 의료 기술들도 나날이 발전하고 있는 추세다.

여하튼 '반려견'이라는 개념이 자리 잡지 않았던, 그래서 '심장사상충'이라는 것이 다소 낯설었던 그 당시로서는 병명을 알고도 달리 뾰족한 방법이 없었다. 그렇게 병원 문을 뒤로한 채 축 늘어진 쪼롱이를 안고 나오면서 결국 참았던 눈물이 폭풍처럼 쏟아지고 말았다. 겨우겨우 택시를 잡아타고 집으로 향하던 난 앞으로 닥칠 쪼롱이의 죽음을 과연 어떻게 받아들여야 할지 몹시 두려웠고, 또 엄마에게 이 같은 사실을 어떻게 전해야 할지 그저 막막하기만 했다. 이후 엄마는 다 죽어가는 쪼롱이에게 뭐라도 좀 먹여서 살려보려고 안간힘을 썼고, 그런 엄마를 바라보고 있노라니 슬픔이 더욱더 깊게 전해지는 듯했다. 반려견을 떠나보낸다는 것, 그것은 상상할 수 없을 정도의 커다란 상실감으로 다가오기도 한다.

담요 위에 축 늘어진 쪼롱이는 감당할 수 없을 정도의 거친 호흡을 내쉬며 그 극심한 고통을 오롯이 혼자 견뎌 내고 있었다. 그렇게 얼마의 시간이 흘렀을까? 점점 빛을 잃어가는 눈빛과 삶을 포기한 듯한 미세한 숨소리……. 난 그런 쪼롱이와 눈을 맞추며 나의 따스한 온기가 쪼롱이에게 전해지도록 발을 감싸 안았다. 몹시도 추웠던 어느 겨울, 쪼롱이가 나의 시린 발에 따스한 온기를 전해줬듯이 그렇게. 쪼롱이가 우리 집에 오던 날이 생각났다. 언니가 지인에게 분양받았다며 쪼롱이를 데리고 왔을 때, 나와 동생은 어떻게 이런 못생긴 강아지를 데리고 올 수 있냐며 손을 절레절레 흔들었던 기억이 난다. 그리고 한동안 정을 주지 않았다.

그런데 시간이 지나면서 그 못생긴 얼굴이 귀엽게 느껴지기 시작했다. 시커먼 눈동자는 유난히 탁해 보였고, 코는 얼굴에 거의 파묻힌 듯 보이지 않았으며, 입은 ET처럼 툭 튀어나와 있었다. 게다가 그 당시만 해도 강아지 사료보다는 이것저것 사람이 먹는 음식을 함께 먹이는 사회적 분위기 탓에 밥, 소시지, 과자, 햄, 고구마 등 닥치는 대로 주곤 했다. 그래서였을까? 점점 살이 찌더니 ET 얼굴을 한 돼지로 변해갔다. 그래도 그런 쪼롱이의 모습이 너무 사랑스러웠고, 자꾸만 눈에 밟혔다. 특히 외출 후 집에 들어오면 가장 먼저 반겨주었고, 늘 나의 발밑에 착 달라붙어 따뜻한 체

●◖◗ 기억의 온도가 전하는 삶의 철학

온을 나누어 주곤 했다. 그렇게 쪼롱이와 함께했던 12년의 세월은 나에게 있어서 커다란 위로이자 위안이었다. 그리고 이후 난 결혼을 했다.

참 많이도 보고 싶었는데……. 그래서 부랴부랴 서둘러 친정집으로 향했는데, 그날이 쪼롱이와의 마지막 날이었던 것이다. 빛을 잃은 쪼롱이의 눈을 바라보며 제발 고통 없이 편안하기를 간절히 바랐고, 쪼롱이도 그런 내 마음을 아는지 나의 눈을 애써 응시하고 있었다. 이제 자정을 넘어 새벽으로 향하는 시각, 쪼롱이의 숨소리가 점차 희미해지면서 나를 바라보는 눈빛 또한 마치 혼이 빠져나가는 듯 점차 초점을 잃어가고 있었다. 걷잡을 수 없이 눈물이 흘러내렸다. 쪼롱이의 몸은 점차 경직되어 갔고, 밤새 이어진 나와의 눈 맞춤 또한 더 이상 버텨낼 수 없는 지경까지 이르고 말았다. 그렇게 쪼롱이는 긴 밤을 견디다가 아침이 되어서야 눈을 감았다.

아! 그 상실감이란 그 무엇으로도 대신할 수 없었다. 엄마와 난 차갑게 식어가는 쪼롱이를 바라보며 서로 부둥켜안고 오열했다. 가슴이 텅 비어버린 공허함은 오롯이 엄마와 나의 몫이었다. 도대체 얼마나 울었을까? 이제는 쪼롱이를 아주 먼 곳으로 떠나

보내야만 했다. 그 당시만 해도 반려견의 장례문화가 일반화되지 않았던 터라 겨우겨우 정보를 얻어 장례 절차를 밟았다. 다만, 주인은 1주일 후 집에서 유골을 받는 형식으로 진행되었다. 지금도 생각난다. 쪼롱이가 죽은 지 1주일이 되던 날, 현관문 벨 소리가 유난히도 슬프게 들려왔다. 그리고 쪼롱이의 유골이 담긴 커다란 꽃바구니가 내 품에 안겨졌을 때 얼마나 통곡했는지……. 퇴근 후 돌아온 남편이 퉁퉁 부은 나의 눈을 보고 많이 놀랐던 기억도 난다.

이후 쪼롱이의 유골은 자연과 하나가 되었고, 난 거의 1년 넘게 우울증에 시달려야만 했다. 매일같이 눈은 퉁퉁 부어 있었고, 퇴근 후 돌아온 남편은 그런 나의 눈을 바라보는 게 일상이 되어 버렸다. 사랑하는 반려견을 떠나보낸다는 것이 어떤 것인지 그때 알았다. 따라서 감당하기 힘든 그 깊은 슬픔을 다시는 경험하고 싶지 않았기에 죽어도 반려견을 키우지 않겠다고 다짐했건만 지금도 우리 집엔 '해피'라는 강아지가 가족들의 사랑을 듬뿍 받으며 살아가고 있다. 그리고 난 그런 해피를 늘 사랑과 정성으로 보살피고 있다. 언젠가는 해피도 우리 가족의 곁을 떠날 것을 알고 있기에…….

기억의 온도가 전하는 삶의 철학

개를 기르는 사람들은 대부분 그 개보다 오래 산다.
개를 기른다는 건 엄청난 행복을 얻고,
미래에는 그만큼 엄청난 슬픔을 떠안는 일이다.

．．．

마조리 가버

개를 기르기 전에는 개와 함께하는 삶이 잘 그려지지 않지만
길러 본 뒤에는 개 없는 삶을 상상조차 하지 못한다.

．．．

캐럴라인 냅

핸드폰에 통제당하는 가족들

:

"다리는 왜 그래?"

"……."

"안 들려?"

"……."

하교 후, 현관문을 열고 들어오는 아들 녀석의 다리가 심상치 않았다. 왜 그러냐고 이유를 물어보았지만 아무런 대답 없이 절뚝 거리며 자신의 방으로 들어가 버렸다. 중학교 때는 사춘기라서 까 다로웠고, 고등학교 때는 입시 때문에 까다로운지, 말 한번 건네 기가 참으로 힘이 들었다. 여하튼 그나마 조금 누그러진 성격 탓 에 방문을 열고 자초지종에 대해서 물어보았더니 체육 시간에 풋

살을 하다가 다리가 꺾였다는 것이다. 그렇게 아이는 약 1주일 동안 무릎 보호대를 차고 절뚝거리며 학교, 학원을 오갔다. 원인은 인대 손상이었다. 그런데 문제는 아이가 다쳤으니 수시로 소통하면서 처방을 해야 할 텐데, 그놈의 에어팟이 문제였다. 선이 따로 없다 보니 양쪽 귀에 꽂고 있으면 상대방은 혼자 얘기하다가 민망해질 때가 참 많다.

한 번 얘기해도 될 것을 여러 번 번복하게 되고, 정작 필요한 질문조차 하기 힘들 때가 있다. 그렇게 아이의 다리가 다 낫기까지 불통으로 어렵사리 그 시기를 지나왔다. 그러니까 아이의 아픈 정도가 어느 정도인지, 병원의 처방이 아이에게 맞는지, 약 먹기 전 식사 부분, 아픔에 대한 위로 등등 부모와 자식 간에 전혀 소통할 수가 없었던 것이다. 매번 아이에게 질문을 할 때마다 한쪽 귀에 꽂고 있는 에어팟을 억지로 빼면서 다소 짜증스럽게 "뭐라고요?"라고 말을 하니 그 누가 다시 말을 꺼내고 싶겠는가! 이왕이면 두 번 말할 것 한 번만 하고, 그다지 중요하지 않은 말은 그냥 넘기는 수밖에. 여하튼 요즘 출시되는 통신기기들은 가족 한 사람 한 사람에게는 편리함과 즐거움, 그리고 각종 SNS 소통 등을 가능케 할지 몰라도 가족끼리는 불통 그 자체다.

"우리 가족은 식사할 때도 서로 대화 없이 각자 핸드폰만 보면서 식사해요."

언젠가 누군가의 가족 인터뷰에서 한 얘기다. 그런데 사실 이런 가정들이 의외로 많다. 우리 집 같은 경우도 다들 스케줄이 있어서 함께 식사하는 경우가 무척 드문데……. 그런 날마저 우스꽝스러운 장면이 펼쳐지곤 한다. 그러니까 가족 네 명이 한 식탁에서 식사를 하는데, 축구를 좋아하는 남편은 핸드폰으로 축구 경기를 보면서, 한창 게임에 빠져 있었던 둘째 녀석은 게임 유튜브를 보면서, 첫째 딸아이는 숙제 때문에 핸드폰으로 정보 검색을 하면서, 나 역시 계속해서 울리는 SNS에 답변을 하면서 식사하는, 그야말로 핸드폰과의 소통이었다. 그 순간, 가족들을 위해 정성 들여 밥을 차리는 게 허무하게 느껴지면서 이제는 극히 개인주의로 향하는 가정의 모습에 마음 한편이 시렸다.

핸드폰의 위력은 대단했다. 가족끼리 대화가 없어도 핸드폰 하나만 있으면 외롭지 않았고, 가족끼리 다툼이 있어도 핸드폰 하나면 나름의 위안을 받을 수 있었다. 핸드폰 안에 없는 게 없다 보니 기쁘거나 슬프거나 그 모든 일들을 가족이 아닌 핸드폰과 함께하는 경우가 많아진 것이다. 따라서 상대적으로 가족 간에 부닥

●《《 기억의 온도가 전하는 삶의 철학

칠 일이 별로 없다 보니 다툼은 덜 한 부분도 있지만 가끔 가족 간의 정이 그리워질 때가 있다. 각자 방에서 핸드폰과 소통하는 가족들! 그 가족들 한 사람 한 사람의 생각이 어떤지, 마음이 어떤지, 무슨 일이 있었는지, 고민은 없는지 모를 일이다. 다만, 핸드폰 검색 창에 그들이 궁금해하는 것들이 흔적으로 남아있지 않을까 싶다.

요즘 남편은 드라마와 영화에 푹 빠져 있다. 예전엔 퇴근하고 집에 오면 주로 거실 한가운데에 떡 버티고 있는 커다란 TV를 시청하곤 했는데, 요즘엔 입시를 바로 코앞에 두고 있는 고3 딸아이와 고1 아들 녀석에게 방해될까 봐 에어팟을 낀 채 핸드폰으로 시청하고 있다. 나름 남편의 스트레스 해소법이라고 할까? 일단 그와 관련된 앱을 열었다 하면 끝을 보고 마는 스타일이다. 그러니까 남편은 퇴근 후 집에 오면 운동하고, 저녁 식사하고, 그다음은 줄곧 드라마와 영화를 보는 게 일이다. 그야말로 불통이다. 나하고의 대화는 고사하더라도 아이들이 언제 들어오는지 언제 나가는지조차 모른 채 먼 섬나라에 혼자 뚝 떨어져 있는 듯하다. 난 아이들에 관한 얘기를 하고 있는데, 전혀 생뚱맞은 영화 얘기를 하고 있으니 말이다.

그나마 첫째 딸아이는 에어팟을 꽂고 있는 모습을 별로 본 적이 없다. 물론 대입을 앞둔 고3이라서 당연한 얘기겠지만 그래도 공부를 제외한 나머지 시간은 주로 핸드폰을 보면서 스트레스를 풀곤 한다. 그러다 보니 방문은 늘 닫혀있다. 공부할 때는 공부하느라 방문을 닫아 놓고, 공부가 끝나고 휴식 시간에는 핸드폰을 보느라 방문을 닫아 놓는다. 나름대로 이유 있는 불통이다. 사실 공부할 때는 집중을 해야 하기에 소통 자체가 불가능할 수 있지만 그 밖의 시간마저 핸드폰이 지배하고 있으니 어디 소통 한번 제대로 할 수 있겠는가! 다만, 딸아이와는 대화 대신 손가락으로 하트 모양을 만들어 '우리는 사랑하는 가족이다.'라는 사인만 겨우 주고받을 뿐이다.

나 역시도 마찬가지다. 어떤 때는 여기저기에서 울려 퍼지는 단톡방 때문에 아이들에게 핀잔을 듣기도 한다. 그냥 할 일 다 하고 댓글을 달아도 되는 게 있는가 하면 중요한 약속을 정해야 하는 부분에 있어서는 그때그때 답변을 해줘야 하기 때문에 아이들의 시선에서 나의 모습이 자칫 핸드폰 중독자처럼 보이지 않았을까 싶다. 우리 옛말에 '똥 묻은 개가 겨 묻은 개 나무란다.'라는 말처럼 그렇게 우리 가족들은 나를 향해 핸드폰 중독자라고 비난하기도 했다. 물론 중요한 댓글을 달아야 하는 상황에서 가족들에게 집중하지 못하고 핸드폰만 보고 있었으니 충분히 그럴 만도 하겠지만 내가 보기에는 우리 가족 모두가 핸드폰 중독자임이 틀림없다.

지금 우리는 최첨단 시대에 살고 있다. 한 손에 쏙 들어오는 핸드폰! 그 핸드폰 세상 안에는 없는 게 없이 다 있다. 그래서 때론 너무 무섭기도 하다. 한집에 사는 가족들은 각자 핸드폰을 보면서 생활한다. 그 안에서 정보도 얻고, 위로도 받고, 소통도 하고, 상처도 받고, 축하도 받는다. 그 틈을 비집고 들어가 엄마로서, 부인으로서 나름의 정성을 기울여 밥을 차리고, 가정의 따뜻함을 전해주고 싶지만, 그 역할이 점차 퇴색되어 가는 듯한 현실에 마음 한편이 몹시도 춥다. 문득, 앞으로 펼쳐질 세상에 대해서 한번 상상해 본다. 우리 아이들이 장차 어른이 되었을 때는 어떠할까? 결혼을 하고, 자식을 낳고, 행복한 가정을 꿈꾸기에는 가족들의 정이 너무도 그리울 텐데…….

많은 불행은 난처한 일과
말하지 않은 채로 남겨진 일 때문에 생겼다.
· · ·
도스토옙스키

말하기의 반대는 듣는 것이 아니다.
말하기의 반대는 기다리는 것이다.
· · ·
레보비츠

의사소통에서 제일 중요한 것은
상대방이 말하지 않는 소리를 듣는 것이다.
· · ·
피터 드러커

엄마의 어린 시절을 상상하며

⋮

"외할머니는 지금의 네 나이인 9살쯤에 고아가 되셨단다."

　나의 엄마의 어린 시절에 딱히 관심이 없었던 난 결혼 후 아이들을 키우면서 나의 엄마의 어린 시절에도 관심이 생기기 시작했다. 그 당시만 해도 첫째 딸아이가 초등학교 3학년, 둘째 녀석이 초등학교 1학년 때였으니까 한창 어리광을 피울 그런 시기였다. 밖에 나가서 놀다가 조금만 다쳐도 엄마인 나의 품을 파고들며 대성통곡하기도 하고, 배가 고프면 밥 달라며 보채기도 하고, 뭔가 갖고 싶으면 사달라며 투정을 부리기도 하고, 밤이 되면 엄마인 나의 품에서 세상 가장 편안한 모습으로 잠이 들곤 했다. 이렇듯 엄마밖에 모르는 어린 시절, 나의 엄마는 엄마 없이 어떻게 살아왔을지 궁금해지기 시작했다. 여기저기 귀동냥을 통해 들어 왔던 엄마의 옛 과거에 대한 조각들, 그 조각들을 하나하나 짜 맞추며 엄마의 삶을 상상해보곤 했다.

6.25 전쟁 발발 당시, 나의 엄마는 불과 9살밖에 안 된 어린 소녀였다. 엄마의 아버지, 그러니까 나의 외할아버지는 그 당시 초등학교 교장 선생님으로서 교직에 몸담고 있었고, 외할머니는 비록 평범한 가정주부였지만 집안이 워낙 부유했기 때문에 요즘 흔히 말하는 돈을 이용한 재테크에 관심이 많았다고 한다. 그렇게 나의 엄마는 넉넉한 가정 속에서 온갖 사랑을 받으며 티 없이 밝게 자라고 있었다. 그러던 어느 날, 6.25 전쟁이 발발했고, 이로 인해 엄마의 아버지는 교육자라는 이유로 북한군에게 포로로 끌려갔고, 엄마의 어머니는 마당에서 빨래를 널다가 북한군의 총에 맞아 세상을 떠났다고 한다. 그런데 정말 용납할 수 없는 것은 그런 끔찍한 상황들을 그 당시 9살이었던 나의 엄마가 다 목격했다는 사실이다. 물론 이러한 얘기들은 나의 엄마가 아닌 외가 친척분들로부터 전해 들은 얘기다.

그렇게 엄마는 하루아침에 고아 신세가 되었고, 남동생 둘과도 뿔뿔이 흩어져 살아야만 했다. 아주 먼 옛날, 큰외삼촌으로부

기억의 온도가 전하는 삶의 철학

터 전해 들은 얘기인데, 원래는 맨 막내 여동생도 있었다고 한다. 그러니까 6.25 전쟁이 터지고 다들 피난을 가던 중, 그 당시 7살이었던 큰외삼촌이 막내 여동생을 업고 피난을 가다가 그만 등에 업혀 있던 여동생이 북한군의 총에 맞아 죽었다는 것이다. 그래서 양지바른 곳에 묻어주고, 다시 부랴부랴 피난길에 올랐다며 눈물을 글썽이기도 했다. 정말이지 그 시절의 아이들은 삶을 어떻게 살아냈을까 싶다. 그들의 가슴 속 깊은 곳을 그 누가 감히 헤아려 줄 수 있겠는가! 아버지는 북한군에 끌려가고, 어머니는 빨래를 널다가 북한군의 총에 맞아 죽고, 겨우 2살이었던 여동생은 피난길에 그 짧은 생을 마감해야 했던……. 그래서 나의 엄마는 침묵을 선택했던 게 아닌가 싶다. 그 처절하리만큼 잔인했던 기억들을 다시 끄집어내고 싶지 않았을 테니까.

한편, 피난길에 오른 후 나의 엄마와 남동생 둘은 각각 친척집에 맡겨졌다. 형제들과도 생이별을 하게 된 것이다. 엄마는 고모 집의 다락방에서 생활했다고 한다. 그 당시만 해도 워낙 가난하게 살았기 때문에 비록 허름하고 낡은 다락방이라도 커다란 위안으로 다가오지 않았을까 싶다. 아! 자식으로서 가슴이 미어진다. 그 어린 나이에 엄마 없이 홀로 남의집살이를 한다는 게 어떤 것인지 충분히 짐작이 가기 때문이다. 언젠가 나의 엄마가 이런 얘기를 해준 적이 있었다. 좁고 어두운 다락방에서 달을 빛 삼아 책을 읽어 내려갈 때가 무척이나 행복했었다고. 지금 생각해 보면 그나마 조그마한 창문이라도 있었기에 망정이지 그것마저 없었다면 그 어린 소녀가 느꼈을 외로움과 두려움, 그리고 혼자라는 고립감을 어떻게 버텨냈을까 싶다.

사실 우리 집 첫째 딸아이와 둘째 녀석은 태어나면서부터 지금까지 엄마인 내가 항상 곁을 지켜줬다고 해도 과언이 아니다. 특히 엄마라는 존재는 어린아이들에게 있어서 없어서는 안 될 절대적 존재이다. 예전에 논술 교사로 일을 할 때, 아이들 저녁밥을 차려 놓고 방문 수업을 하러 갔던 적이 꽤 있었다. 그런데 그때마다 엄마 없는 빈자리가 무척이나 컸었다고 남편은 지금도 얘기하곤 한다. 예를 들어 내가 집을 비우는 동안, 그러니까 약 3~4시간 가량 될까? 어떻게 보면 하루 24시간 중, 8분의 1 정도 되는 짧은 시간일 수도 있을 텐데, 그 사이 집안이 어수선해지면서 아이들도 정서적으로 몹시 불안함을 느끼곤 했다는 것이다. 그만큼 엄마라는 존재는 아이들에게 있어서 그 무엇으로도 대신할 수 없는 편안한 안식처와도 같다.

그런데 나의 엄마는 그런 엄마가 없었다. 9살이라는 어린 나이에, 그것도 남의 집에서 온갖 눈치를 보며 일을 돕다가 밤이 되어서야 겨우 다락방에 몸을 뉘었을 엄마의 고단했던 삶! 부모와 막내 여동생을 잃은 것도 서러운데, 그나마 남은 혈육인 남동생 둘과도 따로 떨어져 살아야만 했으니 그 무슨 기구한 운명이 아니었겠는가! 그래서였을 게다. 엄마는 그런 현실이 너무도 버거운 나머지 그 좁은 다락방에서 너덜너덜해진 책 한 권을 벗 삼아 하루하루를 버텨냈을 것이다. 눈칫밥도 많이 먹었던 모양이다. 남의 집살이를 하면서 때때로 독서삼매경에 빠져 있으니 당연히 미운털이 박힐 수밖에. 꽤 오랫동안 고모에게 구박을 받았다고 한다. 어렴풋이 생각나는 건, 내가 28살 때쯤, 당신에게 그토록 호되게 했던 고모가 노환으로 세상을 떠나자 어딘가에서 고모를 애타게 부르며 하염없이 눈물을 흘리고 있었다는 것이다.

나도 엄마가 되고 보니 엄마라는 자리는 아무나 하는 게 아니었다. 솔직히 힘이 든다. 요즘 한창 나답게 살라는 말도 있지만 아무리 나답게 살려고 발버둥을 쳐도 정말 나답게 살아지지 않는 게 엄마의 자리이기도 하다. 아이들이 자라는 과정에서 자신들이 행복하면 낳아준 엄마가 고맙겠지만 그게 어디 쉬운 일이겠는가! 경쟁 사회에서 하루하루 버텨내는 게 힘들다 보니 그 탓은 오롯이 엄마인 나에게 돌아오기 일쑤다. 가장 힘든 것은 아이들의 복잡한 감정들을 엄마인 내가 다 받아줘야 한다는 것이다. 한마디로 감정 쓰레기통이다. 어떤 때는 그러한 감정들이 넘쳐흘러 나 스스로도 감당이 안 될 때가 있다. 하지만 아이들은 그런 감정들을 세상에서 가장 편한 엄마에게 다 비워내고 싶어 한다.

그런데 나의 엄마에게는 그런 감정 쓰레기통이 없었다. 기쁠 때나, 슬플 때나, 아플 때나, 분노할 때나, 억울할 때나, 외로울 때나, 두려울 때나 오롯이 혼자 감당해 내면서 그 기나긴 세월을 견뎌왔던 것이다. 엄마가 있어서 위로가 되고, 엄마가 있어서 편안하고, 엄마가 있어서 따뜻하고, 엄마가 있어서 든든하고, 엄마가 있어서 행복할 수 있는 그런 삶이 나의 엄마에게는 없었다. 그래서 엄마는 자연을 무척이나 사랑했는지도 모르겠다. 생명이 살아 숨 쉬는 따뜻한 산을 좋아했고, 들에 핀 꽃들을 보며 미소 지었고, 풀 한 포기도 소중히 다루던 그런 분이었으니까.

지금은 이 세상에 없는 나의 엄마, 난 지금도 엄마의 그 지독하리만큼 추웠을 어린 시절을 상상하며 먹먹한 가슴을 쓸어내리곤 한다.

기억의 온도가 전하는 삶의 철학

슬픔에는
더 큰 슬픔을 부어 넣어야 한다.
그래야 넘쳐흘러 덜어진다.
가득 찬 물 잔에 물을 더 부으면 넘쳐흐르듯이.
그러듯이.
이 괴로움은 더 큰 저 괴로움만이 치유되고
열풍은 더 큰 열풍만이
잠재울 수 있고.

. . .

신경숙의 〈깊은 슬픔〉 중에서

하지만… 나의 엄마의 삶에는 이보다 더 큰 슬픔이 있었을까?

기억의 온도가 나에게 전하는 것들

"너만이라도 살아야 한다."
"엄마, 사랑해요. 키워주셔서 감사합니다."

'힌남노'라는 태풍이 한반도를 덮쳤다. 각종 언론에서도 초강력 태풍이라며 각별히 주의를 당부했다. 그런데 아니나 다를까 포항의 한 아파트 지하 주차장이 온통 진흙 물바다로 변하고 말았다. 가까스로 2명은 구조되었지만, 7명은 심정지로 발견되었다고 한다. 그중 구조된 엄마가 있었고, 엄마의 껌딱지인 15살 아들은 세상을 떠났다. 위 대화 내용은 차를 빼러 나간 엄마와 그 뒤를 따라나선 아들이 급박한 상황에서 마지막으로 나눈 대화 내용이다. 정말이지 하늘이 무너질 일이었다. 이게 무슨 운명의 장난인지⋯⋯. 귀하디귀한 아들을 잃은 그 엄마의 심정을 헤아리자니 숨이 막혀왔다. 그 사건 이후로 지하 주차장에 내려갈 일이 생기면 그 주변을 죽 둘러보며 그들이 겪었을 공포를 온몸으로 느끼곤 한다. 몹시도 춥고 싸늘하다.

모르겠다. 이러한 기억들이 언제까지 나의 삶에 영향을 미치고, 또 점차 희미해져 갈지. 그리고 아예 사라져 버릴지. 그 누군가는 이런 얘기를 했다. "좋은 것만 보고, 좋은 것만 들어라."라고. 물론 앞으로의 삶에 있어서 이왕이면 기분 좋은 것들만 접하는 게 긍정적인 마음가짐에도 좋을 수 있다. 하지만 그리 녹록지 않은 세상 속에서의 포장된 삶의 모습들! 그래서 난 유독 아픔과 고통, 소외 등 그늘진 세상 속으로 시선이 향하는지도 모르겠다. 물론 그렇다고 세상을 부정적으로 살아가는 것은 절대 아니다. 다만, 누구나 다 살기 좋은 세상에서 좋은 기억들만 품고 살아가기를 바라는 것이고, 또 그런 세상을 만들어 가고자 하는 간절한 마음에서다.

그런 의미에서 이번에 『기억의 온도가 전하는 삶의 철학』라는 책을 집필하게 되었다. 이 책은 총 4개의 챕터로 구성되어 있다. 챕터 1은 내 삶의 따뜻했던 기억들이 지금의 나에게 전하는 것들,

챕터 2는 내 삶의 열정적인 기억들이 지금의 나에게 전하는 것들, 챕터 3은 내 삶의 싸늘했던 기억들이 지금의 나에게 전하는 것들, 챕터 4는 내 삶의 추웠던 기억들이 지금의 나에게 전하는 것들이 무엇인지를 솔직 담백하게 서술했다. 사실, '기억'이라는 것은 우리네 삶에 많은 영향을 미치기도 한다. 예를 들어 따뜻했던 기억들은 내 삶의 이유가 될 수 있고, 열정적이었던 기억들은 내 삶의 힘이 될 수 있고, 싸늘했던 기억들은 내 삶의 깊이를 더해 줄 수 있고, 추웠던 기억들은 내 삶의 상처로 남을 수 있다는 사실을 말해주고 싶었다.

그리고 이 책에 나오는 내 삶의 기억들, 그 기억의 온도들은 나만 그렇게 느껴지는 게 아닌 누구나 다 그렇게 느껴질 수 있는 평범한 우리네 삶의 얘기들로 꽉 채워져 있다. 따라서 누구나 다 공감할 수 있고, 나아가 '나만 그런 게 아니었네?' 하는 안도감과 함께 위로와 위안을 얻을 수 있으리라 생각한다. 아울러 각 기억의 온도에서 공감할 수 있었던 작가, 철학자들의 '한 줄 문장'도 함께 실려 있어 앞으로의 삶의 방향에 있어서도 나침반과 같은 역할을 해주지 않을까 싶다.

기억의 온도가 전하는 삶의 철학